COLLECTION MÉRIDIONALE

TOME DEUXIÈME

PREMIÈRE PARTIE

DES

# SONNETS EXOTÉRIQUES

DE

## GÉRARD MARIE IMBERT

PUBLIÉE

AVEC UNE PRÉFACE ET DES NOTES

PAR

## PHILIPPE TAMIZEY DE LARROQUE

PARIS

A. CLAUDIN, LIBRAIRE
RUE GUÉNÉGAUD, 3 ET 5

BORDEAUX

G. GOUNOUILHOU, ÉDITEUR
RUE GUIRAUDE, 11

1872

# COLLECTION MÉRIDIONALE

TOME DEUXIÈME

La publication de ce volume a été fort retardée par diverses circonstances; il devait paraître vers le milieu de l'année 1870, et dès cette époque il était presque entièrement imprimé. Les tomes III, IV et V, etc., se succéderont avec régularité de six mois en six mois.

BORDEAUX, IMPRIMERIE G. GOUNOUILHOU,
rue Guiraude, 11.

PREMIÈRE PARTIE

DES

# SONNETS EXOTÉRIQUES

DE

## GÉRARD MARIE IMBERT

PUBLIÉE

AVEC UNE PRÉFACE ET DES NOTES

PAR

## PHILIPPE TAMIZEY DE LARROQUE

PARIS

A. CLAUDIN, LIBRAIRE
RUE GUÉNÉGAUD, 3 ET 5

BORDEAUX

G. GOUNOUILHOU, ÉDITEUR
RUE GUIRAUDE, 11

1872

# PRÉFACE

Imbert (Gérard-Marie) naquit, comme nous l'apprend son 98ᵉ sonnet, le 4 décembre 1530. Ce fut à Condom que le poète vit le jour, comme nous l'apprennent encore ses propres vers (sonnets 36ᵉ et 64ᵉ), et aussi les vers, cités plus loin, de quelques-uns de ses amis.

La famille Imbert tenait un rang considérable dans la bourgeoisie condomoise ([1]). M. J. Noulens a rappelé ([2]) que cette famille avait pour armes : *d'azur à trois faces ondées d'or*, ajoutant : « Son ancienneté remontait fort loin… Aux États généraux de Tours (1484), nous trouvons, comme députés de la seigneurie de Condomois, Jehan de Saige, Pierre Porterie et Simon Imbert ([3])… »

---

[1] Le nom d'Imbert est aujourd'hui porté par un assez grand nombre de personnes dans la partie des départements du Gers et de Lot-et-Garonne qui constituait le Condomois.

[2] *Généalogie de la maison de Cadignan,* p. 353 du t. V de la *Revue d'Aquitaine,* 1861.

[3] On lit dans le *Journal des États généraux de France tenus à Tours en 1484, sous le règne de Charles VIII, rédigé en latin par Jehan Masselin, député du bailliage de Rouen,* publié et traduit pour la première fois par A. Bernier *(Collection des documents inédits sur l'histoire de France),* 1835, p. 95 : « Ville et cité de Condom. — Symon de Imperibus, Jehan le Saige, Pierre de Porteria. » Dans le siècle suivant, un autre Imbert, portant le prénom de Jacques, représenta la bourgeoisie de Condom aux États généraux de Blois (1576).

L'auteur des *Sonnets exotériques* (¹) étudia sous Jean
Dorat, principal du collége de Coqueret, à Paris (sonnets 8ᵉ
et 45ᵉ) (²); il s'y lia avec Pierre de Ronsard (sonnets 9ᵉ
et 46ᵉ) (³), avec Antoine de Baïf (sonnet 10ᵉ) (⁴), tous les
deux disciples de Dorat (⁵), et avec plusieurs autres
personnages (sonnet 20ᵉ), plus ou moins célèbres comme
poètes ou comme érudits, dont il n'a pas manqué de
citer fièrement le nom dans ses vers (sonnets 12ᵉ, 26ᵉ,
31ᵉ, 33ᵉ, 38ᵉ, 43ᵉ, etc.).

De retour dans sa chère Gascogne, Imbert partagea
son temps entre l'étude (sonnets 25ᵉ, 36ᵉ, 46ᵉ) et la
poésie (voir surtout les sonnets 7ᵉ, 21ᵉ, 23ᵉ, 38ᵉ, 48ᵉ, 73ᵉ),
s'occupant aussi quelque peu de viticulture (sonnet 22ᵉ).
Il ne se maria point, mais il eut deux enfants naturels,
Cyprien et Émile, mentionnés par lui tantôt sous leurs
noms réels (sonnets 41ᵉ, 49ᵉ, 91ᵉ), tantôt sous les noms
fictifs de *Thesé* et de *Damon* (sonnets 75ᵉ, 84ᵉ). Les guerres

(¹) De ἐξωτερικὸς, du dehors, qui se fait au dehors, qui est public.
M. Littré, dans son *Dictionnaire de la langue française*, n'a pas connu
l'emploi fait, au XVIᵉ siècle, du mot *exotérique*. L'éminent philologue
ne cite, sous ce mot, qu'une phrase du baron d'Holbach.

(²) Dorat avait treize ans de plus qu'Imbert, étant né (à Limoges)
en 1517, comme l'a dit La Croix du Maine (*Bibliothèque françoise*, 1584),
et comme l'a prouvé, contre Bayle, L. Josse Leclerc, s'appuyant sur
divers passages des poésies du savant humaniste (*Observations* à la
suite du *Dictionnaire critique* de l'édition de 1734).

(³) Ronsard était l'aîné d'Imbert, car il naquit le 11 septembre 1524.
Il mourut trois ans avant Dorat (27 décembre 1585).

(⁴) Baïf était un peu plus jeune qu'Imbert : né à Venise en 1532, il
mourut à Paris le 9 septembre 1589.

(⁵) Sur l'habileté de Dorat comme professeur, les flatteurs témoignages abondent. On peut voir notamment ce qu'en ont dit le président de Thou (*Histoire universelle*, liv. LXXXIV), Scévole de Sainte-
Marthe (*Éloges des français illustres*, liv. III), Papyre Masson *(Éloges)*,
Claude Binet *(Discours sur la vie de Ronsard)*, et surtout Ronsard
lui-même, qui en tant d'occasions a parlé de son maître avec une si
vive reconnaissance.

de religion l'obligèrent à fuir, en août 1569, de la ville de La Romieu, où il séjournait quelquefois (sonnet 21e), et où il posséda peut-être un canonicat (sonnets 27e, 48e). Après avoir, en ces circonstances, couru de grands dangers (sonnets 14e, 91e), il dut encore bientôt (octobre 1569) abandonner Condom que menaçait Mongonmery (sonnet 64e), et que ce terrible chef des bandes calvinistes ne devait pas tarder à saccager (sonnets 64e, 82e, 85e, 86e). Il se réfugia à Toulouse (sonnet 76e) et laissa passer l'orage. Quand la tranquillité fut rétablie (sonnet 84e), le poète, se consolant de ses mésaventures en maudissant les fureurs des Huguenots (sonnets 13e, 65e, 69e, 72e, 80e, 81e, 89e), releva sa maison démolie par eux (sonnet 97e). J'aurai extrait de ses poésies toutes les indications personnelles qu'elles contiennent, quand j'aurai ajouté que Gérard-Marie Imbert avait été privé d'un œil par une maladie d'enfance (sonnet 5e); qu'il parle dans ce même sonnet, ainsi que dans le sonnet 25e, d'un de ses frères, nommé Jean-Baptiste, lequel était à Condom *advocat pour le roy;* que, dans un autre sonnet, le 18e, il célèbre en bon fils, sinon en bon poète, l'éloge de son père; et qu'enfin, il croit devoir entretenir la postérité (sonnet 90e) d'une bourse qui lui fut adroitement dérobée un jour de foire.

J'espérais trouver dans les archives de l'hôtel-de-ville de Condom d'autres renseignements sur le poète Imbert; mais, après de nombreuses recherches, j'ai dû reconnaître que ces archives, malheureusement incomplètes, n'ajoutent rien à ce que les *Sonnets exotériques* nous ont appris. Le premier des registres de jurades qui ont été conservés, comprend les années 1589 à 1592. Le second s'étend de 1595 à 1600. Le *Jehan* Imbert, qui, dès les premières pages du premier registre (procès-verbal de

la jurade générale tenue dans la maison commune le
5e jour de janvier 1589), nous apparaît comme « advocat
du roy (¹), » est très probablement le même magistrat
que le *Jean-Baptiste* Imbert dont il a été déjà question;
mais le consul de l'année 1591, appelé *Jéhan Marye*
Imbert, est-il notre *Gérard-Marie* Imbert? Le secrétaire
d'une assemblée municipale, pour simplifier sa tâche, a
bien pu réduire à un seul prénom *(Jean)* les deux prénoms
*(Jean-Baptiste)*. Il serait plus difficile d'expliquer comment
il aurait changé le prénom de *Gérard* en celui de *Jean*,
et cela, non pas une fois, mais toujours, mais invariable-
ment. Quoi qu'il en soit, nous retrouvons Jehan-Marye
Imbert jurat en 1595 (jurade du 13 janvier) (²), second
consul en 1596 (³); enfin, lieutenant particulier en 1598,
c'est-à-dire à une époque où Gérard aurait été presque
septuagénaire, âge où d'ordinaire l'on abandonne de
semblables fonctions, au lieu de les ambitionner. Il est
vraisemblable que Jean-Marie Imbert était un neveu du
poète, et j'en ferais volontiers un fils et un successeur de
Robert Imbert, qui était déjà lieutenant particulier de
Condom en 1570, comme nous le verrons bientôt, qui,
pendant les troubles de 1577, joua en cette qualité un
rôle mémorable (⁴), et qui, vingt ans plus tard (jurades

---

(¹) Le même personnage reparaît avec la même désignation dans
le compte-rendu de la jurade du 14 juillet 1595.

(²) Ce jour-là, il prit la parole pour le syndic des dames religieuses
du couvent de Prouillan, au sujet d'un procès que la ville soutenait
contre le dit syndic en la cour de parlement.

(³) On lui donne à cette occasion le titre d'avocat, que le poète ne
paraît jamais avoir eu.

(⁴) Scipion Du Pleix (*Histoire générale de France*, t. IV, 1634, p. 58)
s'exprime ainsi, sous l'année 1577 : « Jean Pol d'Esparbès, cadet de
Lussan, sieur de La Serre, ferma la porte de Condom au roi de
Navarre et fit armer le peuple. En quoy (ainsi qu'il remarque en ses
Mémoires) il fut vigoureusement assisté de Jean du Franc, lieutenant

de 1597) était encore appelé « lieutenant particulier en la seneschaussée de Gascoigne au siége présidial de Condom.» Robert Imbert devint premier consul de sa ville natale en 1599, et, dans les registres municipaux de cette année-là, comme dans ceux de l'année 1600, année où il fut simple jurat, on a soin de joindre à son nom cette mention : « naguyères lieutenant particulier en la seneschaussée de Gascoigne. » M. Noulens a cru que le premier consul de 1599 était Gérard-Marie Imbert, et il a raconté (¹) que Scipion du Pleix, frère aîné de l'historiographe et avocat du roi, malmena fort « le faiseur de sonnets, » qui aurait indiscrètement demandé à la communauté « quarante et tant d'escus pour le louaige de sa maison pour le temps que le sire d'Espernon avoit demeuré dans icelle (²). »

Les écrivains contemporains de Gérard-Marie Imbert, qui lui ont accordé un souvenir, n'ont guère rien mis

général, et de Robert Imbert, lieutenant particulier au siége présidial de la même ville. »

(¹) *Généalogie de la maison de Calignan*, p. 353 du t. V de la *Revue d'Aquitaine*.

(²) Le registre de 1599 fournit *(passim)* beaucoup de détails sur cette querelle. On y voit notamment (au 17 août) que l'évêque de Condom (Jean Du Chemin) avait mandé le premier consul pour lui dire combien il était marri que le dit sieur Du Pleix eût parlé mal à propos contre lui, mais que, pour un bien de paix, il le priait de passer tout cela sous silence. On y voit encore (au 1er décembre) que Robert Imbert déclare pardonner à son interlocuteur les paroles blessantes prononcées dans une assemblée de la maison de ville, attendu que « plusieurs personnes d'honneur qui estoient en la dite assemblée se seroient employées pour composer ledict differant à l'amyable et faire qu'ils fussent bons amys, en quoy se seroient employés aussy MM. de la Nagerye, conseiller au dict siége, et Jérémie d'Anglade, recepveur des tailles de Condomoys, Astarac et Bazadoys ... » Il est dit, à la même date, que ce Du Pleix était le filleul de Robert Imbert, et que, de plus, il avait épousé sa nièce, « fille de Mr son frère. »

dans leurs œuvres qui serve à éclairer sa biographie.

Le plus illustre de tous, Ronsard, lui adressa ce sonnet; qui fait partie du livre II des *Amours* (1) :

> Ne me dy plus, Imbert, que je chante d'Amour,
> Ce traistre, ce meschant. Comment pourroy-je faire,
> Que mon esprit voulust louer son adversaire
> Qui ne donne à ma peine un moment de séjour?
>
> S'il m'avoit fait, Imbert, seulement un bon tour,
> Je l'en remercirois; mais il ne se veut plaire
> Qu'à rengreger mon mal, et, pour mieux me défaire,
> Me met devant les yeux ma dame nuit et jour.
>
> Bien que Tantale soit misérable là bas,
> Je le passe en malheur : car s'il ne mange pas
> Le fruit qui pend sur luy, toutesfois il le touche,
>
> Et le baise, et s'en joue; et moy, bien que je sois
> Auprès de mon plaisir, seulement de la bouche
> Et des mains tant soit peu toucher ne l'oserois (2).

Un autre poète, mais des plus obscurs celui-là, Jean Paul de Labeyrie (3), concitoyen et ami de l'auteur des *Sonnets exotériques,* a laissé un recueil de vers latins

---

(1) On sait que les *Amours* parurent pour la première fois en 1552; qu'ils reparurent séparément en 1553, en 1557, et, avec les autres œuvres, en 1560. Le sonnet à Imbert, dans cette dernière édition, qui est celle de Gabriel Buon (4 vol. in-16), se trouve à la page 442 du I<sup>er</sup> volume. Il est à la page 1492 du *Ronsard* in-f° de N. Buon (1623). Enfin, dans l'édition que nous devons au zèle si pieux et si habile de M. Prosper Blanchemain, le même sonnet figure à la page 412 du tome I<sup>er</sup>.

(2) Le poète Remy Belleau, auteur du commentaire de la seconde partie des *Amours,* dit trop brièvement : « Il donne ce sonnet à Imbert, l'un de ses bons amys, bien apris en la langue grecque et latine.... »

(3) C'est la véritable orthographe du nom que le poète Imbert écrit ainsi : *Laberie.*

excessivement rare (¹), où le nom d'Imbert brille presque
à chaque page. D'abord, en tête de l'ouvrage, est une
pièce de vers latins composée, en l'honneur de Labeyrie,
par Gérard-Marie Imbert, lequel prend en cet endroit le
titre de « patricius Condomiensis, » que l'on traduirait
prosaïquement par : *notable de Condom*. A côté de cette
pièce, que je reproduis à l'*Appendice,* s'alignent deux
autres pièces plus petites signées, l'une : *Robertus Imbertus, supprœfectus Condomii* (c'est le lieutenant particulier); l'autre : *Io. Baptista Imbertus, patronus regius
Condomii* (c'est l'avocat du roi). Labeyrie rend aux trois
homonymes politesses pour politesses. Tantôt ses vers
sont pour le lieutenant : *Ad Robertum Imbertum supprœ-
fectum,* tantôt pour l'avocat du roi : *Ad. I. Baptistum
Imbertum.* Mais c'est surtout Gérard-Marie Imbert que sa
muse se plaît à saluer. Dix ou douze pièces, d'inégale
étendue, témoignent de l'affection et de l'admiration que
le poète français inspire au poète latin. Quelques vers
sont destinés à distraire Imbert malade : *Ad G. M. Imbertum colo et febri laborantem.* Le titre d'un autre morceau
nous montre dans Gérard-Marie Imbert un membre
important de quelque conseil de fabrique, cumulant dans
la pieuse assemblée les fonctions de syndic et celles de

(¹) On n'en connaît, si je ne me trompe, qu'un seul exemplaire,
qui provient de la riche collection d'un ancien vicaire général du
diocèse d'Auch, le savant abbé Louis d'Aignan du Sendat, et qui,
léguée par lui aux Cordeliers pour être mise à la disposition du public,
appartient, depuis la Révolution, à la bibliothèque de la ville d'Auch
(nº 4589). En voici le titre : *Io. Pauli Laberii Condomiensis Regis con-
siliarii carminum sylva ad Io. Auratum Lemovicem poetam regium.
Tolosæ, apud Arnaldum et Jacobum Colomerios fratres, Academiæ
typographos.* 1570, vol. in-12 non paginé. M. Léonce Couture a eu la
bonté d'appeler mon attention sur le précieux bouquin. Qu'il me soit
permis de le remercier ici de ce service et de tant d'autres services
qui m'ont été rendus par son ingénieuse et infatigable amitié!

trésorier : *Ad G. M. Imbertum syndicum et quæstorem
sacri ærarii Dialogismus* (¹).

Six ans plus tard, parurent les *Poëmes de Pierre de
Brach, bourdelois, divisés en trois livres* (²). Là se trouve
(f° 172) ce gracieux sonnet :

#### A M. IMBERT.

Imbert, duquel le nom a servi d'argument
Aux doctes escrivains les hérauts de ta gloire,
Et qui peux, sans leur aide, alonger ta mémoire,
Grec, latin et françois, escrivant doctement,

Je ne t'ay jamais veu qu'en esprit seulement :
Mais l'eau qu'en Helicon Apollon t'a fait boire,
M'a fait voir ton image en ta vertu notoire,
Encor que ton Condom te cache avarement.

Comme plus que le corps l'esprit est admirable,
Sans te voir, j'ay de toi veu le plus remarquable :
Ainsi le feu se voit de loin par sa clarté,

Ainsi l'odeur qu'espand une vermeille rose,
Que l'aube à son lever a fraîchement éclose,
Nous descouvre le lieu qui cachoit sa beauté.

Les bibliographes et les critiques ont singulièrement
négligé le poète Imbert. Parmi les premiers, Antoine Du
Verdier et feu M. J.-Charles Brunet ; parmi les seconds,
l'abbé Goujet et M. Léonce Couture sont les seuls, que je
sache, qui en aient dit quelque chose.

Du Verdier (*Bibliothèque françoise*, 1585) se contente

(¹) Partout. dans le recueil de Labeyrie, Imbert est appelé, soit en
toutes lettres, soit en abrégé, *Gérard Marie*. Ceci prouve une fois de
plus que le *Jean Marie* des registres de jurades ne saurait être iden-
tifié avec lui.

(²) A Bourdeaux, par Simon Millanges, 1576, in-4°.

de cette maigre mention : « Girard *(sic)* Imbert, Condomois, a fait quelques odes et autres vers qu'il me semble avoir vus imprimés (¹). »

L'abbé Goujet a consacré deux pages *(Bibliothèque françoise,* t. XIII, p. 295-96) au poète auquel Du Verdier n'avait consacré que deux lignes; mais les deux pages du docte abbé ne sont qu'un résumé des faits principaux consignés dans les sonnets. Goujet y a joint seulement une hypothèse (²) et une erreur (³).

M. Léonce Couture a, le premier, complétement analysé les poésies d'Imbert (⁴). Écrite avec une fine ironie, entrecoupée de citations heureusement choisies, son étude, non moins exacte que spirituelle, fait connaître à merveille celui qui « fut un invisible astéroïde de ce ciel poétique dont Ronsard est le soleil (⁵). »

(¹) L'éditeur des *Bibliothèques françoises* de La Croix du Maine et de Du Verdier (Paris, 1772-73) ajoute ( t. IV, p. 54) : « Du Verdier pourroit avoir vu quelques poésies de Girard *(sic)* Imbert, de Condom, imprimées, puisqu'il donna un recueil de cent sonnets imprimés en 1578, l'auteur étant alors âgé de quarante-huit ans.... Ces sonnets contiennent différentes particularités de sa vie. On ne connaît pas d'autres poésies de cet auteur.... »

(²) « Je n'ai vu de lui que cent sonnets, imprimés en 1578, mais qui ne composent que la première partie de ceux qu'il devoit donner, *et qui ont peut-être paru.* » Rien ne rend cette hypothèse admissible. L'auteur du *Manuel du Libraire* ne l'accueille ni ne la repousse. Voici ses paroles (t. III, col. 411) : « Ses poésies sont devenues rares, et nous ignorons même si la suite de cette première partie a été publiée. »

(³) « La Croix du Maine et Du Verdier ne parlent point de ce poète. » Est-ce à cause de l'insignifiance de l'article de Du Verdier, que Goujet en avait si peu gardé mémoire?

(⁴) *Histoire littéraire de la Gascogne. — Gérard-Marie Imbert,* dans le t. IV de la *Revue d'Aquitaine,* 1860, p. 302-319.

(⁵) M. Léonce Couture dit (p. 315) : « Depuis la publication de ses sonnets, nous ne savons plus rien de lui ni des siens. » Des siens, nous savons aujourd'hui quelque chose; mais de lui, hélas! rien de plus qu'autrefois. Les archives de Condom n'ont aucun registre de baptême et de décès remontant aussi haut.

Ce qui m'a décidé à publier une nouvelle édition des *Sonnets* d'Imbert, devenus introuvables ([1]), ce n'est point leur mérite littéraire, qui, je l'avoue, me paraît des plus contestables; c'est leur intérêt historique. Si ces sonnets ne sont pas élégants, s'ils ne sont pas harmonieux, en un mot, s'ils ne sont pas poétiques, ils reflètent du moins, avec une saisissante énergie, les événements dont la Gascogne fut témoin pendant quelques-unes des années les plus dramatiques du xvıe siècle ([2]). J'ose donc l'espérer, devant ces tableaux pris sur le vif, on ne se plaindra pas trop de la touche grossière du peintre; en faveur du fidèle historien, on pardonnera au mauvais poète. Ce poète, ne l'oublions pas, a un autre titre encore à l'indulgence des lecteurs : il a beaucoup aimé ce qu'ils aiment eux-mêmes beaucoup, lui qui a dit (sonnet 25e) :

..... j'idolâtre et la muse et le livre,

et ce n'est pas en vain que, d'avance, par ce cri d'enthousiasme, il s'est mis sous la protection de tous ceux qui sont réellement bibliophiles.

On n'a rien négligé, du reste, pour que la nouvelle

([1]) Depuis longtemps, on n'en voit passer aucun exemplaire dans les ventes. Les bibliothèques publiques d'Auch, de Condom, de Bordeaux, la plupart des bibliothèques publiques de Paris, et même la bibliothèque impériale, ne possèdent pas le recueil d'Imbert. A combien de magnifiques collections particulières manque aussi ce recueil, absent du catalogue La Vallière, comme du catalogue Viollet-le-Duc, comme du catalogue Turquéty ! — Sur l'excessive rareté des *Sonnets exotériques*, je renvoie (un éditeur n'est-il pas toujours un peu suspect?) à une note de l'*Intermédiaire des chercheurs et curieux* du 25 juillet 1865, col. 423.

([2]) M. J. Ch. Brunet l'avait déjà fait remarquer (t. III, col. 411) : « Ces sonnets sont au nombre de cent; plusieurs renferment des détails curieux sur les guerres civiles qui agitaient alors le midi de la France. »

édition reproduisît exactement, moins les fautes d'impression, le seul exemplaire qu'il ait été possible de rencontrer, celui qui est conservé à la Bibliothèque Mazarine, sous le n° 21683 (petit in-8° de IV et 50 pages). Le titre en est ainsi disposé :

PREMIERE

PARTIE DES

SONETS EXOTERI

QUES DE G. M. D.(¹) I.

—

A BOURDEAUX

PAR S. MILLANGES IMPRIMEUR

ORDINAIRE DU ROI

1578

—

On lit, au-dessous, cette note autographe : « *G.-M. I. hæc gallica muneris instar Io. Aurato poetæ vere regio, præceptori suo.* » L'auteur a lui-même pris soin de corriger, à la marge, les fautes d'impression, qui sont assez nombreuses. Ses corrections sont les mêmes que celles de l'*errata* placé à la fin du volume, et qui est précédé de ces lignes : « Advertissement aux Lecteurs. — Vous serez advertis, amis lecteurs, que, causant l'absence de l'auteur de ces sonets, et l'imprimeur n'ayant commodité de correcteur, joinct l'indisposition de sa personne et autres empeschemens qu'il avoit, plusieurs fautes sont survenues en l'impression d'iceux, d'une partie desquelles, et notamment de celles qui vous pourroient mettre en doubte et en erreur de l'in-

(¹) M. Brunet (t. VI, col. 788) a vu dans cette lettre une particule, et a traduit ainsi les quatre initiales : *Gér. Mar. d'Imbert.* C'est la forme déjà admise dans le *Journal des États généraux* de 1484.

telligence, je vous en ay faict un recueil, que vous prendrez en bonne part, si vous plaît, attendants une meilleure édition. »

Après deux cent-quatre-vingt-douze ans, cette meilleure édition la voici !

# PIÈCES LIMINAIRES

—

### ΑΔΗΛΟΝ.

Οὐκ Ἰμβέρτος ὅδ', ἱμερτὸς δὲ καλεῖται ἄμεινον,
Ὃς παῦρ, ἀλλ' ἱμέρθ' ἱμερτῶς αὐτὸς ἀείδει (¹).

#### IN AUCTOREM HUJUS CENTURIÆ.

Aut Imbertus hic est, aut certe est castalis imber,
Vasconico e cœlo qui labens irrigat ora
Docta virum, atque eadem mira dulcedine replet.

#### IN CENTURIAM.

Centuriæ si quis rationem postulet, hæc est,
   Quod numeris vates polleat innumeris.
Cur exotericos scloppos (²)? Quos exterus orbis
   Audiat, altisonos elicit ore modos.
Scilicet ut placeat, vatum suffragia centum
   Edita gutturibus centuriata probant.

J. P. L.

(¹) A la plume :

#### EX GRÆCO.

Non est Imbertus, sed amabilis iste vocandus,
Pauca qui, amanda quidem, cantat amabiliter.

J. P. L.

Jean Paul de Labeyrie est le traducteur de ce distique anonyme, dont les jeux de mots ne méritaient point de passer en une autre langue. Imbert, en transcrivant pour son cher maître la traduction de Labeyrie, a voulu savourer le plaisir d'être loué deux fois.

(²) *Scloppus,* ou plutôt *stloppus (Perse),* son produit en gonflant les joues. Bien singulière traduction du français *sonnet!*

IN EANDEM.

Fata recensurus Pelidæ illustria, nec non
Hectoris, haud unquam magnus dubitavit Homerus
Exili versus musa præludere, parvas
Atque expugnandam ranas præmittere Troiam ;
Nec puduit decus Ausonium, illum dico Maronem
Natum laudibus Æneadum, prævertere silvis
Prælia, et Ascanio famam captare futuro
Carmine bucolico. Sic nec te, Imberte, pigebit
Æternos sensus populi tentasse togati,
Et famam exigua veluti irritasse Poësi.
Perge modo, et quas es doctis populatus Athenis
Laudatæque satis nunquam Romæ edito musas.
Jampridem hæ tineas metuunt, lucemque reposcunt.
Magnum est Iliadem, Æneidem quoque scribere magnum :
Majus at os populi triplici meruisse camena.

P. T. (¹)

Εἰς αὐτήν.

Ὁππόταν ἑλληνιστὶ λύρην τύπες, ἔνθεος αὐδὴ
  Θέλξε φρένας μερόπων τ’ ἀθανάτων τε θεῶν.
Βάρβιτον ὁππόθ’ ἕλες Ῥωμαῖαν, ἐθάμβεε Ῥώμη,
  Καὶ κῆρ γηθόσυνος ἔκραγες οἷα Μάρων.
Ῥωνσάρδου κιθάρην δ’ὅτ’ ἐχάνδανες ἱμερόεσσαν,
  Φράγκος ἐπιστήμην βάσκανε Βασκονίῃ (²).

Μιραλίου (³).

(¹) Pierre de Termes, conseiller au parlement de Bordeaux. On a de
lui une longue pièce en vers latins dans le *Tombeau de Monluc*, recueil
imprimé à la fin de l'édition *princeps* des *Commentaires* (Bordeaux,
in-f°, 1592), mais composé dès 1577.

(²) A la plume :

EX GRÆCO.

Cum modulare lyram Graiorum ; cantio sacra
Hac hominum mentes afficit atque Deum.
Barbiton at cum Romanam ; miratur et ipsa
Roma, atque erumpis qualiter ipse Maro.
Ronsardi citharam si vis pulsare suavem,
Hanc artem invideat Francia Vasconiæ.

J. P. L.

(³) Emmanuel Du Mirail, conseiller au parlement de Bordeaux. Sa

### DE G. M. I.

Nihil adeo Mavors ferro profecit et igni,
Dum superum sobolem Musas expellere tentat.
Quippe genus profugum Musæ atque erratica turba est.
Quæ primum ut sensere hostem, testudinis instar
Parnassum exportant humeris sua dulcia tecta.
Ut modo quas cives Eoæ videris oræ,
Protinus Occiduas inveneris esse tribules.
Quin etiam occiduis mutant se sedibus, ut sit
Franca modo soboles, Germana, Britanica, Ibera.
Quid quod Francæ etiam Francas habuere latebras?
Hic que modo, atque illic posuere volatile tectum?
Ut quondam implumes nidos, spem veris, hirundo
Transtulit e nota nimium bubonibus arce :
Ovaque dimovit corvis aquilæve palumbes.
Heu! quid non ætas monstrorum hac perdita vidit?
Omnia bubones, aquilæ omnia, et omnia corvi.
Quid facerent, nisi quod pridem fecere, Laberi?
Dum lassæ effugiis, nec amica sede reperta,
Extrema steterunt pavidæ telluris in ora,
Condomicus te vesper ubi et tua rura salutat.
Exilium fœlix, bona vis, fuga prospera Musis :
Hospitium hospitibus Gerardus prebuit hospes.

Mar. Mon. (¹)

muse facile et prodigue sema un peu partout des vers grecs ou latins
(voir notamment les *Poèmes de Pierre de Brach*, où la pièce intitulée :
*le Frelon*, lui est dédiée (f° 34); le *Tombeau de Monluc*). M. Lapaume
avait cru pouvoir attribuer au fécond magistrat les épitaphes de
Montaigne (*Le tombeau de Michel Montaigne, étude philologique et
archéologique*, 1859, in-8°). M. R. Dezeimeris a victorieusement combattu l'opinion de M. Lapaume, et il a substitué le nom de Jean de
Saint-Martin à celui d'Emmanuel Du Mirail. (*Recherches sur l'auteur
des épitaphes de Montaigne; lettres à M. le Dr J. Payen*, 1861, in-8°.)

(¹) Martial Monier, dont M. Dezeimeris a dit (*De la renaissance des
lettres à Bordeaux au XVIᵉ siècle*, 1864, in-8°, p. 59) : « poète latin
agréable, bien qu'un peu prétentieux. » Le recueil de ses poésies,

IN CENTURIAM EPIGRAMMATUM GERARDI MARIÆ IMBERTI.

Atqui centimanum prius Gigantem.
Tam nugas ego putidas putaram,
Quam fas est Siculas putare nugas,
Cui magna et numerosa dicerentur
Magni brachia spem dedisse cœli.
Nunc res una mihi fidem elevavit :
Nam centum geminus recensque partus,
Quem sub lumina copiosus imber
Sacro Apollinis extulit calore,
Quid cœli nisi tramitem perurget?
Quid cœli nisi verticem prehensat?
Sed nec bella parat Jovi timenda,
Nec demens furit impio furore ;
Imo tam facili Jove et Minerva
Cœlo postulat arduus locari,
Quam ille difficili Jove et Minerva
Vecors æthereas petivit arces :
Et tam perpete dignus est honore,
Quam ille præpete fulminis ruina.

Io. Guijonii (¹).

ajoute en note le savant critique, « est une des premières et des plus élégantes productions de l'imprimeur Millanges. Il est divisé en trois parties : *Epigrammata, Elogia et Odœ,* et il parut à Bordeaux en 1573, in-8º. » On peut rapprocher des patriotiques doléances d'Imbert, la 9ᵉ élégie de Monier intitulée : *In sui temporis miserias ex bellis civilibus.* On retrouve des vers de Monier en tête des *Poèmes de Pierre de Brach,* dans le *Tombeau de Monluc,* dans le *Deliciæ Poetarum Gallorum,* etc. Monier était né en Limousin.

(¹) Jean Guijon, d'Autun, qui était alors professeur de rhétorique à Bordeaux. C'est le second des quatre frères dont Philibert de la Mare, conseiller au parlement de Dijon, a raconté la vie et réuni les œuvres sous ce titre : *Jacobi, Joannis, Andreæ, et Hugonis fratrum Guiioniorum opera varia* (Dijon, in-4º, 1658). On remarque, dans le *Tombeau de Monluc,* une longue pièce en vers latins, signée *Io. Guionius,* et intitulée : *Monlucii tribuni militum epicedium.*

# PREMIÈRE PARTIE

DES

# SONNETS EXOTÉRIQUES

DE

## GÉRARD MARIE IMBERT

I

Je ne suis point de ceux qui troublent Kamarine ([1]),
Je ne veux point semer nouvelle opinion,
Je ne veux estre aussi un chef de faction,
Pour bastir ma maison de publique ruine.

La grand loy generale emprainte en ma poitrine
Me sert d'enseignement et de correction :
La git un fondement de ma religion,
Sachant que tout ça bas fatalement decline.

Je ne veux point mesler la terre avec le ciel,
Ni couvrir de miel doux l'amertume du fiel,
Ni de dogmes nouveaux eriger des escholes.

Je ne veux contrefaire un devin Chaldean,
Je ne veux contrefaire un sage Persean :
Mais veux philosopher en bien peu de paroles.

---

([1]) A mon grand regret, je n'ai pu placer les notes au bas du texte, comme je l'avais fait pour les *Mémoires de Vignolles*, comme j'espère le faire encore dans les autres volumes de cette collection. Je prie le lecteur de me pardonner l'ennui que je lui causerai, en le renvoyant, pour chaque note, aux pages qui suivent les sonnets.

## II

L'un et l'autre, et bon roi et vaillant capitaine :
C'est le vers Homeric qu'Alexandre trouvoit
Le plus digne entre tous, par qui Homere avoit
(Comme il disoit) predit sa vertu plus qu'humaine (²).

Ce grand preux aiant l'ame et superbe et hautaine,
Qui rien n'estre impossible a son bonheur croioit,
Bruslant de conquester tout ce qu'estre il oioit,
Eust ceste opinion d'asseurance certaine.

Mais il estoit deçeu de son opinion,
Estant par trop enflé de sa presomption :
L'oracle est accomply, divin roi, en nostre age.

L'aveugle clair-voiant (³) prophetisa de vous,
Jadis nous adnonçant, que vous serez sur tous
Noz rois (⁴) vaillant en guerre, et en conclave sage.

## III

Fortune avec vertu, tres clair (⁵) de l'Hospital,
Jupiter et Phebus, les Muses et Charites (⁶),
Mirent dans ton esprit de leur mieux les eslites
Bienheurant le bonheur de ton astre natal (⁷).

Toi fait conseil des Rois par un arrest fatal,
Aiant la France en main balances les merites
Des hommes justement, si bien que tu merites
Cent statues d'argent ou de meilleur metal.

Or, par plusieurs raisons, es tu donc admirable,
Comme sage et heureux tu nous es remarquable,
Et aux affaires grands utile et valeureux.

Mais faut se souvenir, que nul ne vient à naistre
(Tu le sçais, ô divin chancelier !) qui puisse estre
Avant son dernier jour tenu pour bien heureux (⁸).

## IV

Deesse toute tienne, ô deesse puissante,
Qui tournant sur ta boule icy et là, discours,
Et les dignes laissant aux indignes accours,
Aveugle, à leurs souhaits presques obeissante.

Deesse en tes erreurs tant seulement constante,
Qui guiere à la vertu n'aymant faire bons tours,
Suyvant les petits lieux et des rois les grands courts
Te joues des humains, en tes faits inconstante.

Deesse, qui aiant les petits advancez,
Les grands humiliez, puis encore poussez,
Remuante tousjours tous les hommes deplaces :

Je tout devot et humble et content de mon sort,
Redoubtant ton pouvoir je te prie bien fort,
Que si grand ne me veux, plus petit ne me faces (⁹).

## V

Jean Baptiste, mon frere, en l'age adolescent,
Ou encor de mes ans en la saison premiere,
Un catarrhe m'osta moytie de ma lumiere (¹⁰),
Me rendant un peu moins le visage decent (¹¹).

A porter un tel cas la raison condescend,
Ne se trouvant moien par aucune maniere
De repousser le mal de l'humaine misere,
Quand par arrest du ciel sur nos testes descend.

Avec ceste moitie restante de ma veüe,
De tant de vanite cognoissance j'ay eüe,
Et voi ce monde plein de tant d'indignite :

Que certe bien souvent je lamente et souspire,
Pour tant d'indignes faits que je voy, et desire
De tres bon cœur avo  l'entiere cecite.

## VI

Il faut pour vrai tenir, que toute deite
D'eternité jouit en repos et paix grande,
Separee en tous points de nostre humaine bande
Sans avoir aucun soing de l'humble humanite.

Car hors de douleur toute et hors d'extremite,
Contente de son heur, pas un brin ne demande,
De sacrifice humain ni de mortelle offrande,
Ne s'esmouvant de bien ni de meschancete.

Ainsi va discourant cest eloquent Lucrece (¹²),
Estant tout abreuvé de la folle sagesse,
Qu'Epicure enseignoit en ses jardins plaisans (¹³).

Mais l'homme est fol qui cuide avoir intelligence
(Si ce n'est par la foi) de la divine essence,
En laquelle ont esté des plus sages enfans.

## VII

Rossignols, lorions (¹⁴), tarins et pinsonets
Et tous petis soudars de la gent emplumee
Gringotent leurs chansons pour l'espaisse ramee,
Ou sur les arbrisseaux ou dans les buissonets.

Les poëtes françois dégoisent leurs sons nets,
Chacun d'eux gentîment chantant sa bien Aimee,
Accommodant leur voix à la lire animee,
Et leurs noms illustrant par odes et sonets.

Et moi bien loin apres les suivant à la trace (¹⁵),
Beaucoup inférieur et bien loin de leur grace,
En ce païs gascon je fai bruire mes chants.

Lesquels estant issus d'une fureur trop lente (¹⁶),
Non d'un enthousiasme et de verve excellente,
Ont le son asses bon, mais ne sont trebuchans (¹⁷)

## VIII

Le disciple parfois en grandeur de savoir,
Et en toute vertu va surmontant le maistre :
Ce cas est advenu maintefois, et peut estre
Que le maistre candide a plaisir de le voir.

D'Aurat, ce m'est plaisir que de ramentevoir
Que Dieu m'ait fait ce bien que de me faire naistre
En son temps, et m'ait fait de ta doctrine paistre,
Que j'ay fait par l'oreille à l'esprit recevoir.

Mais ce n'est moi qui rend ce propos veritable,
Ne meritant, d'Aurat, d'estre à toi comparable,
Ni d'estre mis au rang des disciples premiers.

Car je sçay que ne suis de ta docte brigade,
Et qu'encor moins je suis de ceux de la Pleiade [18].
Qui dit que je ne sois le moindre des derniers?

## IX

Ronsard, je crois vrayment, alors que feus conçeu,
Que ton pere et ta mere, rassemblans l'Androgine,
Pensoient à faire vers, et par faveur divine
Qu'au ventre maternel faire des vers as sçeu [19].

Ton astre t'echaufa l'ame d'un divin feu
De fureur poëtique, et la Muse benigne
Te mit l'amour des vers si fort en ta poitrine,
Que rien tant que les vers admirable n'as eu.

Aussi entierement aux vers tu te reposes,
Et vis en composant, et en vivant composes
De beaux livres en vers, qui vont par l'univers.

Bref suivant ton destin, aux vers tu te travailles,
Versant vers à foison qu'apres en public bailles,
Et croi qu'apres ta mort ton esprit fera vers.

## X

Baif, Baif, Baif, es-tu tant endormi.
Endormi es-tu tant du someil d'oubliance,
Que tu n'aies un brin, un brin de souvenance
(Ha par trop oublieux) de moi ton doux ami.

De moi ton ami doux, qui demeurant parmi
Les doctes à Paris, des que j'eu cognoissance
De toi, à toi sur tous portoi grand bienveillance,
Et cellui haïssoi qui t'estoit ennemi.

Jupiter Philien ([20]) de ce fait ne t'avoue,
Ni l'homme reverant amitié ne t'en loue :
Car ne tiens à l'ami ce que luy as promis.

Serois-tu, ô Baif, de telle conscience
Que de suivre du tout ceste inique sentence,
Que les amis lointains ne sont ja plus amis ([21])?

## XI

Je ne sçay, Pardeillan ([22]), par quelle destinee
Nul encor n'est sorti de nostre nation,
Qui ait esté piqué de ceste ambition
De vivre par esprit sa vie estant finee.

Qu'est-cela? Nostre gent n'est-elle pas ornee
D'un naturel esprit, pour sa conception
Declairer deuement? Ou si la region
Porte, qu'elle ne soit à la Muse enclinee?

J'y ay souvent pensé. Or croi-je que les dieux
Auront enfin sur nous jetté leurs benins yeux
Et auront tempéré l'air gros de la patrie ([23]).

Tu peux bien, Pardeillan, par beaux et doctes vers
Prouver à nos voisins, ainçois à l'univers,
Que nous avons banni l'aïeule barbarie.

## XII

O l'un de mes cheris compagnons, mon Girard (²⁴),
Que je porte en mes yeux et ay en souvenance
Pour les rares vertus dont tu as cognoissance,
Et pour les biens exquis dont Phebus t'a fait part (²⁵).

Qui aime suivre un roi, de bon cœur il lui part,
Mais qu'en suivant son roi ne se fonde en despense,
Et qu'à deniers comptans n'achapte un'esperance :
Car cil qui fait ainsi de raison se despart.

Ceux qui suivent la court voient mainte adventure,
De grands et de petitz contemplent la nature,
Et s'affinent l'esprit apprenans l'entregent.

Mais c'est un triste riz et plaisir non sans peine
De se trouver en Court apres despense vaine,
Brave d'acoutremens et souvant sans argent.

## XIII

Qui eust pensé de voir nostre gent mutinee
En armes s'eslever en nostre region?
Soubs ombre de regler une religion,
La voir à sang et sac estre tant obstinee?

Nous avons veu de Christ la maison butinee
Presque en tous lieux de France, et la sedition
Emaner ça et là, comme contagion.
O miserable temps! ô dure destinee (²⁶)!

Comme Adrian Cesar disoit tout hautement,
Que trop de medecins l'avoient entierement
Perdu, et de la mort lui avoient fait l'advance (²⁷)

Ainsi je di tout haut, et di en verite,
Que la gloire trop grande et la trop grand fierte
De trop de theologiens ont perdu nostre France.

## XIV

Ce premier jour d'Aoust est escheu l'an quatriesme
(Je croi qu'il t'en souvient, ô mon frere germain !)
Que les seditieux usant de forte main
Vindrent à la Romiou nous porter la peur blesme ([28]).

Ils entrerent de nuit d'une fureur extreme,
Brisant, bruslant, pillant d'un courrage malsain
Nos temples et maisons contre tout droit humain,
Et faisants contre Dieu très horrible blaspheme.

Ceste male fortune en ce lieu me surprit,
Où de mal me garda le tutelaire esprit,
Comme arrivé qu'y feus tu en ouïs l'histoire.

Vrayment Dieu me sauva des mains de ces pilleurs,
Des sanguinaires mains de ces assassineurs ([29]).
O que des maux passez est douce la memoire ([30]) !

## XV

Jule, mon compagnon, on nous veut faire entendre
Que tu as delaissé nostre religion,
Et que soudain feru d'autre devotion ;
Tu veux comme un tien frere un ministre te rendre.

Jule, si tu l'as fait, tu m'as donné à prendre,
Et accroistre m'as fait ma part et portion :
J'enten fort bien cela, mais quelle passion
T'ait fait ainsi changer j'ay encor à comprendre.

On peut en chasque estat saintement servir Dieu,
Et vivre en gens de bien on peut en chasque lieu,
Si nous n'avons estaint de la vertu la flamme.

Nous courons çà et là pour querir la vertu
Et le souverain bien : mais tout bien rabatu,
Nous les trouvons partout, si nous avons bonne ame.

## XVI

Ni du Feure ([31]) volant les œuvres admirables ([32]),
Ni de celui qui feit le pendent mausolee ([33]),
Ni de cil qui dressa la masse emerveillee,
A la chaste Artemis ([34]) ne feurent perdurables.

Toute chose ça bas des hommes miserables
Par le temps mange-tout est enfin engoulee,
Toute chose est enfin des pieds du temps foulee,
Et les faist du Dieu-Feure estoient tous perissables.

Mais, Feure ([35]), ta fabrique est bien d'une autre sorte,
(Conforte toi) et prend non d'une masse morte,
Ains de l'esprit divin son immortelle essence.

Le temps avec sa faux l'œuvre des mains empire,
Ruinant le meilleur sitost comme le pire,
Mais l'œuvre de l'esprit vainc du temps la puissance.

## XVII

Quand ce seroit un Scythe ou bien un Garamante
Ou le plus éloigné de nostre ciel françois,
Qui voulut obliger de sa benigne voix
Le desir de savoir qui si doux me tourmente :

Le desir de savoir (mon amour vehemente)
Fairoit qu'en tout honeur graces je lui rendrois!
Car j'ay un tel desir, que mesme je voudrois
Aprendre m'en allant la bas à Rhadamante.

Donc, Mesme mon voisin ([36]), quand d'un hautain esprit,
En faveur des François tu monstres par escrit
Des celestes flambeaux les loges eternelles :

Voulant te mercier, et n'ayant rien meilleur,
Selon mon jugement, pour contenter ton cœur,
Je te fai ce present de mes Muses isnelles ([37]).

## XVIII

Dieu infini et sans commencement,
Qui vie et mort à toutes choses donnes,
Et fais garder les loix que tu ordonnes
A la nature inviolablement :

O fort! ô saint! reçoi benignement
Ce sacrifice et ces louanges bonnes,
Comme tu fais des entieres personnes
Quand à tes yeux els s'offrent humblement.

Accepte, ô Dieu! mon action de grâce,
Que je presente humble devant ta face
Pour le bon port qu'à mon pere as donné :

Et fai aussi que quand sa derniere heure
L'appellera, franc de regret, il meure
De tout honeur et gloire couronné.

## XIX

Rejouy-toi, ame Xenophontique ([38]).
Soit que tu sois es champs Elysiens,
Ou bien la haut es lieux aëriens,
Ou bien plus haut au manoir Olympique,

Voyant la fille au nepveu Atlantique,
Qui, surpassant les vols Pegasiens,
Porte aux François des champs Atheniens
Deça dela ton livre Economique.

Lequel Ferris, par un gentil sçavoir,
Mon cher Ferris lui a donné à voir
Pour refreschir de ton nom la memoire ([39]).

Jo, vois-tu renommee criant,
Et jusqu'au ciel ton livre publiant,
Qui fait voler par l'univers ta gloire?

## XX

Pensant de m'en venir au lieu de ma naissance,
Et fasché de laisser à Paris tant d'amis,
Que j'ay pour leur vertu au profond du cœur mis
Tant qu'eternellement j'en auray souvenance :

Pour adoucir l'ennui que j'aurois de l'absence
D'amis tant vertueux, je m'avoie promis
D'esveiller mes compains, qui sembloient endormis
En nostre antique amour par un trop long silence.

J'avois au cœur les tous : mais Maurice du Franc,
Mon cher et doux Maurice, estoit premier au rang
Pour son sçavoir honeste et pour sa gentilesse (⁴⁰).

Mais, làs, mon cher Maurice, en lieu d'allegement
Que j'esperois avoir de toi bien seurement,
Tu rengreges (⁴¹), mourant, mon ennuy et tristesse.

## XXI

Sejournant en la ville, ou Arnoul d'Aux repose (⁴²),
Arnoul d'Aux cardinal soubs le Pape Clement,
Cinquiesme de ce nom, je vis obscurement
Riant de mon estat la grand metamorphose.

Se est ce que parfois les chants je me propose
Que le flageol Doric sonna si doucement (⁴³),
Ou bien j'esbats l'esprit vuide de tout tourment,
Chantant d'Anacreon la cigale et la rose.

Mais toi disert Maumont (qui bien que sois absent
Et loin en mon esprit me demeures present) (⁴⁴)
Toi et l'esprit divin de madame Vitelle (⁴⁵),

Illustrant nuit et jour les lettres et les arts,
Vous faites voz renoms voler en toutes parts
Vous acquerants au monde une vie immortelle.

## XXII

Saint Pierre, qui seroit l'escrivain bien disant
Qui peut bien declairer des raisins l'excellance?
D'escrivains bien-disans est pleine nostre France,
Mais je n'en vois pas un pour ce faire duisant (⁴⁶).

Qu'ils ne me dient pas pour cela mesdisant :
Car encor je di plus sans penser faire offense,
Que d'Homere aime-vin la divine eloquence,
Ni son sublime esprit n'y seroit suffisant.

Esleve, s'il te plaist, un colosse orguilleux,
Esleve, s'il te plaist, un chateau sourçilleux,
Anime en ton honneur les cuivres et les marbres.

Quant à moi je ne veux m'acquerir autre loz,
Avant que le destin m'ait au tumbeau encloz,
Que planter un verger à Bacchus de ses arbres.

## XXIII

Tout le cerveau me bout de mille inventions,
D'infinies fureurs mon ame est embrazee,
D'infinis feus divins mon ame est attizee,
Et mon esprit abonde en saintes fictions.

Je suis tout embroillé d'imaginations,
Desquelles Jupiter m'a forni l'idee :
Mais mon ame n'est pas heureusement guidee,
Car lentes sont par trop ses executions.

Et honteux et modeste est par trop le Genie
Qui fut constitué president de ma vie,
Et retif à coucher par escrit ses discours.

Ainsi, comme ceux-là, mon Genie fait en ce,
Qui estant bien montez (ô grande diligence!)
De lieues font quatorze en quinze ou seze jours (⁴⁷)

## XXIV

Ne me sois si contraire, ô mon tres cher Genie,
Vaguant deça dela sans point estre arresté,
Constant tant seulement en ta legereté,
Me m'englues de tant d'objets, je te supplie.

Tu m'as fait jusqu'icy passer toute ma vie
Pesle mesle, dont mal vrayment m'en suis porté :
Refrain, de grace, un peu ta sensualité,
Et de m'unir l'esprit bien tost aies envie.

Et lors aiant l'esprit et le sens amassé,
Tu me fairas produire un livre bien trassé
Et riche de propos illustres et notables,

Dont la belle éloquence et graves fondemens,
Les propos bien suyvis et les forts arguments,
Fairont mon nom fleurir par siècles innombrables.

## XXV

Marche, Polybadisc (⁴⁸), va t'en dire à mon frere,
A mon frere qui est advocat pour le Roy,
Que je sejourne icy plus-long que ne cuidoi,
Si me face tenir tous les œuvres d'Homere.

Qu'il m'envoye l'Arat (⁴⁹) et de Procle la Sphere,
Theocrit, Callimach apporte aveque toi,
Eschyl, Anachreon, Sophocle porte moi (⁵⁰),
Et la chasse adressee à l'enfant de Severe (⁵¹).

Des Latins porte moi le Lucrece et Maron
Catulle et ses consorts, et Horace et Nason :
Sans livre ne sçaurois ni ne sçeu onques vivre.

Comme l'avare esprit fait son Dieu du thresor,
Bruslant de faire amaz de blez, d'argent et d'or,
De mesme j'idolatre et la muse et le livre.

## XXVI

Quelque part que tu sois, Charles Utenhovie ([52]),
Veuille le ciel benin verser à l'abandon
Sur toi des biens t'ornant et d'un et d'autre don,
Et te donnant bonheur tout le temps de ta vie.

Que fait ton Apollon ? di le moi, je te prie,
Et di moi de l'estat, si tu le sçais ou non,
De nostre cher ami, dont tant me plait le nom,
Dudice Sbardellat grand honeur de l'Hongrie ([53]).

Ne pense, cher ami ([54]), Phebus m'en soit tesmoin,
Que bien que nous soions l'un de l'autre bien loin,
Que je puisse oblier nostre amour mutuelle.

Il ne peut advenir par distance de lieux,
Ni par le laps du temps ni par courroux des Dieux,
Que l'amitié des bons ne soit perpetuelle.

## XXVII

J'ayme mieux achapter, que non pas demander,
Comme on dit, demander n'est pas tant honorable :
Comme plus est donner, que prendre venerable,
Et aussi obeir est moins que commander.

Moins est desbander l'arc que n'est pas le bander :
L'homme noble et entier et de savoir notable
Fait grandissime tort à sa vertu louäble,
Quand par trop il se veut en demandes fonder.

Vertu de soi contente à gré prend la fortune
Qui se presente à elle, ou bonne ou importune,
Sans baailler tant apres le bien et la grandeur.

Si l'on ne peut avoir la guiterre ([55]) crossee ([56]),
Il se faut contenter de la voir haumussee ([57]) :
L'esprit noble ne doit estre un brin demandeur.

### XXVIII

O du Drot et du Franc, gentils enfans d'Orphee (⁵⁸),
Qui la harpe et le luc (⁵⁹) maniez de voz doits
Si divinement bien, que la pierre et le bois
Suivent vos sons enfans de la main echaufee.

Il faut que nous dressions aux vertus un trophee
(Desormais il est temps de delaisser les noix) (⁶⁰),
Un trophee qui soit admirable aux François,
Plus admirable encor qu'un fameuz Mausolee.

Il faut que la victoire advienne à la vertu,
Et que soubs elle soit tout vice combattu :
Combattre soubs Vertu nous faut tant que nous sommes.

Et nous faut vertueux les vertueux hanter,
Et sur la harpe et luc de beaux hymnes chanter
A vertu : la vertu seulement nous fait hommes.

### XXIX

Sage non seulement de nom ainçois de fait (⁶¹),
Qui te laissant guider par l'advis de sagesse,
As poursuivy en court d'une dextre alegresse,
Et recouvré l'honneur de ton siége à souhait :

Toi estant arrivé, nous diras ce qu'on fait
En la maison du Roi, et diras quelle adresse
Tu as eu de seigneur, de prince ou de princesse,
Pour aider ton dessein et le mettre en effet.

Tu nous racompteras mille et mille nouvelles
(Comme tu es facond) de sieurs et damoiselles,
Et porteras l'Horace exposé par Lambin (⁶²).

Arrive donc bien-tost : tu verras bonetades
Mille voler sur toi, et autant d'acollades
De nous, qui te faisons l'apprest d'un beau festin.

## XXX

Mon Joseph de la Scale ([63]), ensuy donc le chemin,
Et les traces ensuy du grand Jule ton pere ([64]),
Et fai croire que lorsqu'Andiette ta mere ([65])
T'enfanta, elle feit l'enfantement divin.

Tu le fairas, La Scale, en despit du destin,
Qui des heroës bons (comme on dit) ne veut faire
Aux enfans succeder l'esprit hereditaire ([66]) :
Mais le destin vaincras, si je suis bon devin.

L'aigle ni l'esprevier n'engendre ni colombe ([67]),
Ni poule, ni perdrix, ni tourtre ([68]) ni palombe ([69]),
Ni les hommes vaillants n'engendrent fils paureux.

Et ne faut s'arester es faits de nos ancestres
Contens de haut louer leurs vertus et leurs lettres :
Leurs peres loüeront les enfants malheureux.

## XXXI

Belleau, de qui les vers sont nets comme belle eau ([70]),
La nature et la loi sont bien souvent contraires.
La loi nous asservit et nous rend tributaires,
Mais nature nous fait libres et francs, Belleau.

A tous également luit du ciel le flambeau,
Mais l'esprit grand de Dieu nous conduit aux affaires
En diverses façons, et donne à mercenaires
Et à serfs plus souvent qu'à seigneurs l'esprit beau.

A la vertu ne vaut servitude ou noblesse
Qui n'est tant seulement qu'une antique richesse,
Estans tous les humains forgez de mesmes coins.

Esope Phrygien, Epictete et encore,
Avec autres plusieurs Phedon et Protagore,
Pour avoir esté serfs, ne valeurent pas moins.

## XXXII

Horace, illustre honneur de la langue latine,
Ronsart n'a imité le lyrique Thebain
Pour n'avoir eu l'esprit assez brave et hautain,
Comme estant procree de race libertine.

De divin esprit feust ceste ame Venusine,
Et son livre immortel de maint savoir est plein :
Il se hausse parfois sonnant plus que l'humain.
Divins sont les discours, l'eloquence est divine [71].

Et bien que du grand stile il puisse avoir defaut,
Si avoit il l'esprit pour l'entendre bien haut,
Mais chascun en sa vigne et en son champ travaille.

Des nobles on en voit à la guerre paureux,
Des autres on en voit aux armes genereux :
Car Dieu à qui lui plait les vertus en don baille.

## XXXIII

François Vicomercat [72], tu sois le bien venu,
Le bien venu tu sois en ceste terre estrange,
Bien que le philosophe encor que d'air il change,
Ne trouve rien d'estrange et n'a rien d'incognu.

L'homme de haut savoir est par tout recogneu,
Et l'esprit genereux l'honore ainsi qu'un ange,
Benin le recevant par deux mots de louange
Touché d'ardent desir d'estre par lui cogneu.

En contemplation de la philosophie,
De te gratifier nous avons grand envie,
Te priant de passer icy cinq jours ou six.

Je croi que trouveras parmi nos gens barbares
Bien grande humanite et quelques vertus rares,
Et par venture aussi un autre Anacharsis [73].

## XXXIV

La puissance d'Amour commande à tous humains,
Et n'y a animant en l'air, en mer, en terre,
Que la force d'amour en ses liens n'enserre,
Et ne luy tire un coup enfoncé de ses mains (⁷⁴).

On le peut voir des cas et des accidents maints,
Qui viennent tous les jours et sont venus grand erre
Au moien de l'amour jusqu'à faire grand guerre,
Comme escrivent les Grecs, les Hébrieux et Romains.

Grande pour abreger est d'Amour la puissance,
A qui certe ne peut se faire resistance,
Laquelle Salomon bien sentist à son tour.

Et croi vrayment qu'Ambroise, Augustin et Hierome
(Sauve leur sainctete) se sentirent de l'homme,
Tant chascun est pressé de la force d'Amour.

## XXXV

Busti, dont la vertu orne le grand conseil (⁷⁵),
Remarque le bonheur de la langue françoise,
Qui volant hautement approche à la gregeoise,
Et se cognoit partout où reluit le soleil (⁷⁶).

Le ciel a excité son amour nompareil
Aux hommes d'illustrer ceste langue gauloise,
Si bien que la Toscane et la gent portugoise
Pour l'entendre aujourd'huy se fraude du sommeil.

Le jeune homme, la vierge et la vieille matrone,
Le vigneron rustique, et plus basse personne,
Affectent ardemment le langage gaulois.

Et si semble aujourd'hui qu'il n'est fils de bon pere,
Et qu'il n'est pas aussi conceu de bonne mere,
Qui voulant composer ne compose en françois.

## XXXVI

Bien que j'aye emploié le temps d'adolescence
A entendre et sçavoir le grec et le latin,
Persistant au labeur le soir et le matin,
Avec grande alegresse et grande patience :

Je n'escri toutes fois qu'en langage de France,
A ce faire incité ne sçai par quel destin,
Dont pour conclusion et pour totale fin
Je n'attens aucun los, n'aucune recompense.

Aussi los n'appartient aux barbares Gascons,
Qui n'avons rien de droit sinon aux et oignons,
Et qui sommes mal nez aux sciences polies (⁷⁷).

Aussi, je ne pretens de chanter en françois,
Sinon tant seulement pour mes chers Condomois,
Et non pour ceux qui sont es grands Academies.

## XXXVII

Mon Dieu, si le destin eut mis en evidence
Es temps plus anciens l'art divin d'imprimer,
Quels thresors precieux pourroit-on estimer
Egaux au bien qu'eut fait tel' corne d'abondance (⁷⁸)?

Les superbes escrits de la sçavante dance
Des braves autheurs grecs, qui les cieux et la mer,
Tout ce grand Animal (⁷⁹) nous sceurent exprimer,
Làs ne seroient jamais venus en decadence.

Les labeurs genereux de tant divins esprits
Sont du tout abysmés, ou bien demi peris
Par faute de cest art du tout inestimable.

O perte, ô perte grande! Et pourquoi le destin,
Amateur du sçavoir et gregeois et latin,
N'enseigna au besoin cest art si profitable?

## XXXVIII

Pendent qu'à Montdevic (⁸⁰) tu vas interpretant
Soubs l'appuy de ta grand duchesse Margarite (⁸¹),
Or le divin Platon, ore le Stagirite,
A force de raisons l'ignorance abbatant :

Je va, Vicomercat, les vers divins chantant
De David, et apres la psalmodie dite (⁸²),
Je vy le plus souvent une vie d'hermite,
Non bien content du sort, ni aussi malcontent.

C'est fait : il faut passer ceste mortelle vie
Subjets à passions et au parler d'envie,
Et faisant quelque estat qui nous serve de fort.

Cependent passeront nos jours ainsi que l'ombre (⁸³),
Et serons tost ou tard des hommes hors du nombre,
A nostre comedie imposant fin la mort.

## XXXIX

En un seul Jesus-Christ faut mettre sa fiance
Pour ce qu'en ce bas monde il descendit des cieux,
Afin de nous purger par son sang precieux,
Et pour faire avec nous une sainte alliance.

En lui git le salut de nostre humaine essence,
Qui ores pres son pero au throne glorieux,
Aiant soing et pitie des hommes vicieux,
Prie pour nos pechez la divine puissance (⁸⁴).

Homme, si tu n'avois en ta poitrine escrit
Ceste fervente foi du Sauveur Jesus-Christ,
Sur tous les animaux tu serois miserable.

Certainement ton ame apres le tien trespas,
Ne monteroit au ciel, ainçois iroit là bas,
Et seroit de Satan la proie delectable.

## XL

Saint Pierre (<sup>85</sup>), un mien ami, un jour m'admonestant,
Disoit : Mon cher ami, que penses-tu de faire?
Es-tu pas trop vexe de quelque grand affaire,
Ou bien est-ce l'amour qui te va tormentant?

Je te trouve tousjours pensif, tout malcontent;
Je te trouve tousjours en un lieu solitaire :
Ressemblerois-tu point le docte solitaire,
Qui seul bien compagné vit heureux et content?

Puis soubsriant me dit : je croi qu'au futur âge
Tu veux estre adjousté aux Grecs l'huitiesme sage,
Ainsi, tu es songeard, triste, pensif et sombre.

Je respon soubsriant : je suis hors de regrets,
Et croi que ne pouvant des sept sages des Grecs,
Au moins des sept dormens j'augmenteray le nombre (<sup>86</sup>)

## XLI

Si les souhaits ont lieu, mon ami Cyprian,
Je souhaite te voir si sage que Socrate,
Et si bon medecin comme estoit Hippocrate,
Et un tel theologien qu'estoit Tertullian (<sup>87</sup>),

Et tel jurisprudent qu'estoit Papinian,
Si sobre en son parler comme estoit Harpocrate,
Et si bon orateur comme estoit Isocrate,
Ou comme Ciceron ou bien Quintilian.

Si pouvois estre tel, tu serois admirable,
Et si serois par tout aux peuples venerable,
Et diroit-on de toi : c'est lui, en chasque lieu (<sup>88</sup>).

Mais guieres il n'advient qu'à une creature
Tant de dons precieux face l'alme nature :
Mais fai, travaille, endure, et invoque ton Dieu (<sup>89</sup>).

## XLII

Par quel mauvais destin advient-il, ô Bousquet,
Qu'en la maison des rois tous les doctes et sages
Ne sont si bien venus, et n'ont tant d'avantages
Que Caillete, Tony, Le Greffier et Brusquet (⁹⁰)?

J'ai entendu et veu qu'on fait d'eux du naquet (⁹¹),
Et qu'on leur fait lever tousjours leurs arrierages,
Repoussez d'une porte, où ces badins volages
Seront entrez à l'aise, et tiendront le caquet.

Helas! que les vertus sont mal recompensees!
Cela rend des sujets vertueux les pensees
Pleines et de chagrin et mal contentement.

Et si à fait (ce crois-je) en ce temps où nous sommes,
Que beaucoup de sçavans et de vertueux hommes
Ont prestee la main au civil mouvement.

## XLIII

Dudice Sbardellat, grand honneur de l'Hongrie,
Beaucoup de nations, de forests et de monts,
Grand nombre de cites, de rivieres et ponts
Separent mon terroir de ta douce patrie (⁹²) :

Dont mon ame languit, et grandement marrie
D'estre si loing de toi jette sousplrs du fonds
De son cœur, mes esprits estant à garder pronts
Nostre sainte amitie, sans qu'el' jamais varie.

Pour parler aux absens, ô ma chere moitie,
La nature inventa en faveur d'amitie
Les lettres, le papier, avec l'ancre et la plume,

Qui sont les seuls moiens par qui Damon se sent
Rafrechi du desir, dont pour Pythie absent
Il brusle et sent tourner en douceur l'amertume (⁹³),

## XLIV

Jean Paul de Laberie, basti à la bonne heure,
Et fai haut eslever ton gentil Turrian ([94]),
Que je veux de ton nom nommer Laberian,
Et fai qu'en ta memoire infiniment demeure.

Je fairai cependent mon arrest et demeure
(Loing du peuple) enfermé dans mon Hilarian,
Pensant d'acheminer à vertu Cyprian,
Et bastir ce qui fait que mourant on ne meure.

J'ay fait veu de bastir une belle maison,
Dont la pierre et la chaux, la grave est la raison,
Et l'ancre est le mortier, ma plume est la truelle,

Le plomb et le compas sera le jugement.
Or jette un bon Demon si bien le fondement
Que l'œuvre à fin venue en soit perpetuelle.

## XLV

Sache, savant d'Aurat, que je ne suis malade,
Et saches, ô d'Aurat, qu'encor moins je suis mort,
Ton spectre me frapant la veue si très fort,
Que quelquefois je veux lui donner l'accollade,

Il me donne souvent si penetrante œillade,
Quelquefois me causant une crainte de mort,
Et quelquefois aussi grand plaisir et confort,
Qu'il semble que je l'oy expliquant l'Iliade.

Toi pourtant, comme si le verd vieillard Charon,
T'eut fait mort traverser le fleuve d'Acheron,
Tu n'as de moi, d'Aurat, aucune remembrance.

Si ne seray-je ingrat envers mon precepteur,
Ains faisant le devoir d'un tien bon auditeur,
J'auray tousjours de toi vif et mort souvenance ([95]).

## XLVI

Fasché de revolver les Gregeois exemplaires (⁹⁶),
Ensemble les Romains, pour prendre passe temps
D'une diversite, et pour tromper le temps,
Je m'adonne parfois aux auteurs populaires;

Entre lesquels je li le prime des vulgaires :
Je veux dire, Ronsard, comme je croi qu'entens,
Qui me fit cest honneur il a onze ou douze ans
De me nommer faisant d'amours les corollaires (⁹⁷).

Il me nomme en un lieu : encore cest grand heur
Quand un brave Ronsard abbaissant sa grandeur
D'un barbare gascon met le nom en memoire.

Presque semblablement de Niree le beau,
Comme de peu vaillant et foiblet damoiseau,
N'est parlé qu'en un lieu en l'Homerique histoire (⁹⁸).

## XLVII

Ores que Jupiter va blanchissant la terre,
Et qu'es moites pourpris (⁹⁹) des escaillez poissons (¹⁰⁰),
On voit abondamment les crystallins glaçons,
Nous exilons icy estans froids comme pierre.

Nous exilons fuiant la fureur de la guerre :
Cependent les soudars en cent mille façons
Font degast, non contens de manger nos moissons
Et de boire les vins que nous tenions en serre.

Vous vivez comme Rois ou bien comme Empereurs,
J'enten comme larrons, brigands et empireurs;
Mais certe vostre empire aura courte duree.

Le Dieu vivant, de qui vous n'avez nul esmoi,
Ne veut qu'abusiez plus du bas-âge du roi (¹⁰¹);
Il veut que nous voions vostre ligue enfondree.

## XLVIII

C'est bonheur, mon Du Duc [102], d'avoir une compagne
Fidelle, sage, honeste : et c'est un heureux sort
Quand rien des deux consorts qu'amour et paix ne sort,
Et quand une union tousjours les accompagne.

A l'homme marié, soit-il en la campagne,
Ou bien en la maison, la femme est grand support
Du domestique faix, grand soulas et confort,
Soit qu'elle porte enfans, ou soit-elle brehaigne [103].

Mais c'est une grand joye et grand felicite
Quand l'homme desireux d'une posterite
De beaux et bons enfans de vierge la fait mere.

Et puisqu'il faut mourir, les voir en sa maison
Bien nourris en vertu, et puis à sa saison
A ses biens succeder est un grand heur au pere [104].

## XLIX

Ne vivez mal contens, Cyprian et Emyle
D'estre enfans naturels, qu'on appelle bastards ;
Vous seuls ne l'estes pas : il en est bien d'espars,
Et croi que soubs le ciel s'en trouveroient cent mille [105].

Pourveu que vostre esprit aux vertus soit docile,
Et que soiez soingneux d'apprendre les beaux arts,
Soient les arts liberaux, ou soient ceux-là de Mars,
Vous serez honnorez maugre la loi civile.

C'est un erreur parfait, de croire qu'un bastard
Ne puisse comme un autre avoir des vertus part,
En lui en monstrant bien le chemin et la trace.

Et nous et les bastards avons l'entendement
De la haut, d'un lieu mesme avons le fondement,
Estant tous faits d'un coing et d'une mesme masse.

## L

Sauf ta paix et ta grace, Eraton ma deesse [106],
Je ne puis accomplir ta volonte divine,
Qui m'enjoint de chanter l'amour de Ligurine [107],
Mon repos, mon travail, ma joye et ma tristesse.

Laure ne se compare en rien à ma princesse
Délie [108], Pasithée, Olive, ni Melline,
Cassandre, ni la sainte ou la fiere Francine [109],
Ni du gentil Manceau l'admiree maistresse [110].

Mais j'ay peur que l'amour tant rechanté en France,
Bien que d'un grand sçavoir et de grande eloquence
N'engendre aux bons esprits ne sçay quelle otalgie [111].

Donc tu me pardon'ras, Eraton ma deesse,
Si je ne chante point l'amour de ma princesse,
Ni d'amour aigre-doux la bizerre magie [112].

## LI

Syre, c'est un grand cas du naturel du peuple,
Il est fol, ignorant, et tout tumultueux,
Ami de nouveauté, cruel, presomptueux,
Et qui communement ne tient du bien immeuble.

Comme il est remuant, il se plait au bien meuble,
Ingrat, plein de dedaing, et aux faits vertueux,
Ores portant envie, or' bien affectueux
Mobile tout ainsi que la feuille du peuble [113].

Ce peuple d'une part, ô bon Roi Charles, dit
Que veritablément le pays est maudit,
Auquel y a un Roi, qui soit en son enfance :

D'autre, ce monstre hydreux crie, que le bon Dieu
Par sa grande bonté se revele en tout lieu
En faveur des enfans, comme il a fait en France.

## LII

Voici la nuict, les beaux jours surpassant
Du mois de may le pere de verdure,
Où le Sauveur par dessus la nature
De mere et Vierge au monde feut naissant.

Voici la nuict plus claire apparoissant,
Et flamboiant par divine facture,
Plus flamboiant à toute creature,
Que le soleil en l'esté rougissant.

Divine nuict, ô divines tenebres,
Combien divins sont vos effets celebres!
Que divine est vostre claire obscurité!

O nuict divine et en honeur premiere,
Tu nous produis le pere de lumiere,
Pour delivrer l'homme d'aveugleté ([114]).

## LIII

De bons poetes et saints volontiers la nature
Ne donne en abondance, ains semble que les cieux
De telle afflation et don si precieux,
Dedaignent de doüer l'humaine creature.

Aussi rare est l'esprit, qui de telle pasture
Se trouve vrayement digne, et est cheri des dieux,
Qui d'un entendement abstraict et gracieux
Jusqu'au cœur est feru de sa douce pointure.

Depuis grand nombre d'ans, à tort et à travers,
Plusieurs ont affecté le divin art des vers,
Mais des bons et des saints petite est la brigade.

Plaise au temps de produire un beau Septentrion ([115]),
Qui soit tant accompli des graces de Clion ([116]),
Qu'il devance l'honeur de l'antique pleiade ([117]).

## LIV

Je me tien, du Chemin ([118]), pour tres mal fortuné,
De ce qu'en ce païs la merastre nature
M'a fait naistre estant loin de la litterature,
Et fort peu au traffic d'Apollon adonné.

Duquel à mon regret estant trop esloigne,
Je ne puis recouvrer, qu'apres longue demeure,
Les escrits des sçavans de ce temps, mais ceste heure
Bien que tarde, ejouit mon esprit renfrogné.

Plus vaut tard que jamais, mais sept fois espandues
A Cerès ses moissons, plus tost que n'aie veues
Les œuvres de Jodelle ([119]), et celles de Buttet ([120]).

Enfin, mon du Chemin, j'en ay bien eu la veüe;
Merci toi, te priant de haster ta venue,
Et me recommander à du Bois ([121]) et Vinet ([122]).

## LV

Et qu'est-il rien meilleur? Qu'est-il plus pur et monde
Que l'amytie sincere? Est-il plus precieux
Present fait aux humains par les souverains dieux
Que la sainte amitie, en qui tout bien abonde?

Certainement le feu et son contraire l'onde
Ne font tant de besoin, ny la prunelle aux yeux.
L'amitie est un bien ça bas venant des cieux
Digne d'estre cheri plus que tout l'or du monde.

J'atteste l'amitie, ô mon cher de Balzac ([123]),
Que le bien que je tien pres de toi à Donsac ([124])
Ne m'est si doux, que m'est douce ton accointance.

L'accointance de toi, qu'à droit je cheri tant,
Et laquelle ma muse ira un jour chantant
Pour les belles vertus, dont tu as cognoissance.

## LVI

Assat, qui à mes maux donne tousjours remede,
Usant de l'art divin de Phebus Apollon ([125]),
En ce temps si cruel, si terrible et felon,
Auquel vois que desastre à desastre succede.

Si mon destin est tel, qu'en effort je decede,
Je prie l'Eternel de me faire ce don,
Qu'en contemplant sa loi et lisant le Phedon,
Je puisse estre tue presque ainsi qu'Archimede,

Qui n'oiant point l'assaut ravi en ses discours,
De demonstrations, borna ainsi ses jours,
Estant soudain feru d'une espee cruelle.

Et je puisse mourir aiant tous mes esprits
Eslevez droit au ciel, et aiant bien compris,
Et croiant fermement que l'ame est immortelle.

## LVII

Mon petit oyselet, qui pres de ma fenestre,
Branche sur mon meurier le soir et le matin,
Et joyeux comme cil qui trouve un grand butin,
Chantes, me chantes-tu quelque chose senestre ([126])?

Je croi que tu ne dis rien, qui ne me soit dextre,
Et si croi fermement, que le dieu Apollin
Veut chasser tout mechef de tout forfait malin
De la teste de son devot et humble prebstre.

Respon-moi, oyselet. Vous volans vers les cieux
Vous entendes tousjours les hauts secrets des dieux,
Qu'aprez vous denotez par vostre chantrerie.

Mais si mauvais oyseau, ne me chantes bonheur,
Je t'auray de la glu, qui te donrra malheur,
Ou bien va t'en d'icy chanter en Hetrurie ([127]).

## LVIII

Maugre du ciel despit la maligne influence,
Et maugre des guerriers les belliques terreurs,
Et maugre le destin consentant aux malheurs,
Desquels nous voions tant travaillee la France,

J'auray jusqu'à la mort en sainte reverence
Le mestier d'Apollon, les mielleuses douceurs
De la race à Jupin, les neuf sçavantes sœurs
Qui m'ont ravi le cœur dès mon adolescence (¹⁴⁸).

Marchons, marchons par là, ô mon cher du Chemin !
C'est le moien unique et le plus seur chemin
Pour nous rendre au palais de dame Mnemosyne.

Parmi les morrions et les glaives trenchans,
Desquels voions couvers les villes et les champs,
Finons nos jours chantans tout ainsi que le cygne (¹⁴⁹).

## LIX

Monluc, illustre honneur des prelats de la France (¹⁵⁰),
Afin que je ne sois hors de ton souvenir,
Je veux renouveller et faire rejeunir
Mon nom en toi, esmeu d'honneur et d'esperance.

De qui bien que tu ais aucune souvenance
Par ton humanite, je ne puis me tenir,
Sans point de longs propos te vouloir detenir,
De racompter ma vie à ta magnificence,

Je donc, sçavant prelat, je donc ton serviteur,
Habite en mon païs, n'estant admirateur
De rien, et tout secret vi presque en solitude.

Ou pensant aux humeurs orageux de ce temps,
Et de quoi les destins seront enfin contents,
Je pleure, et ri l'erreur du populasse (¹⁵¹) rude.

## LX

Tout est frais en ce mois, tout est frais et gaillard.
La terre gaiement d'un verd frais se colore ;
Flore, mere des fleurs, de frais bouquets s'honore,
Et la mere Venus d'un frais amour nous ard.

Les feuilleuses maisons du rossignol jazard
Abondent en fraicheur, et ses vergers encore,
Lesquels de fruict nouveau la Pomone decore,
Sont frais, le vin et l'eau l'air de fraicheur ont part.

Aussi Fresquet est frais, fraiche est son espousee,
Fraiche elle est voirement, ainsi que la rosee,
Et frais est le jardin de sa virginite.

Auquel Fresquet entrant forçant la pucellete,
Tres frais et tres gaillard va cuillir la flurette,
Ou bouton, qui ne peut qu'un coup estre broute ([132]).

## LXI

Comme un homme qui marche en la chaude Libie,
Où il ne trouve point fonteine ni ruisseau,
Perdant l'ame de soif va souhaitant de l'eau,
Et bien joieux sa soif appaiseroit de lie :

Ainsi ta France, ô roi ! de tant de maux saisie,
Qui n'a rien aujourd'hui que les os et la peau,
Aiant par trop senti de la guerre le fleau,
Va souhaitant la paix et rien que paix ne crie.

Comme à l'homme alteré et travaillé de soif,
Un bon vin temperé est aggreable et soef ([133]),
A la terre bruslee est la pluie plaisante :

Semblablement la paix, comme une pluie d'or,
Arrouseroit ton peuple et seroit un thresor
Servant à tes subjets d'une corne abondante ([134]).

## LXII

Charles, nostre grand roi, protecteur de justice,
Abandonne de Mars et d'Enyon (<sup>135</sup>) le faix,
Et vien à composer une bien longue paix :
La paix est des humains une douce nourrice.

La paix, fille de Dieu, est mere de police,
Laquelle fleurissant la loi ne meurt jamais,
Et nous fait foisonner en tous vertueux faicts :
La paix est des sept arts et des lettres tutrice.

Puis donques que la paix nous cause tant de biens,
Donne la, ô bon roi, aux humbles sujets tiens,
Et ils t'appelleront de cœur et bouche pere.

Laquelle nous donnant mettras fin aux travaux,
Aux grands calamitez et trop insignes maux,
Que ton peuple a soufferts de Bellone contraire.

## LXIII

Ces riches presens d'or et pierres precieuses
Ne me sont si plaisants, ô mon cher du Chemin (<sup>136</sup>)!
Que m'est plaisant un vers, un vers net et divin
Naissant de la fureur (<sup>137</sup>) des muses gracieuses.

Un vers, fruict bon et sain des ames ocieuses (<sup>138</sup>),
Par le moien duquel nous faisons maint chemin
Sans bouger de chez nous, et apres nostre fin
Vivans volons le long des terres spacieuses.

Mon vers pourtant n'est tel, et n'est si glorieux
De s'oser egaller au tien si precieux,
Ains se confesse moindre et la place luy cede.

En te contr'estenant se voit donc clairement,
Que toi et moi faisons eschange entierement
Pareil à ceslui là de Glaucque et Diomede (<sup>139</sup>).

## LXIV

Fuions, muses, fuions, fuions nous en grand erre :
Le lieutenant de roi nous a donne conseil
De nous sauver bientost, et de passer le sueil
De nos huis, et voler en quelque estrange terre.

Ne vous souvienne plus du laurier, ni du l'hierre,
(Le prix des fronts sçavans :) vous n'aures que tout dueil
Qu'angoisses et douleurs, et les larmes à l'œil
Entendons les grans maux d'une barbare guerre.

A Dieu, temples, à Dieu, à Dieu les ornemens
De Condom ma cite, les pies bastimens
De nos maieurs, à Dieu ma poure masoinete.

Sur nous, hélas! cherra la normande fureur [140],
Qui vient de Navarrens enflee de bonheur [141].
O des œuvres humains condition foiblete!

## LXV [142]

Ne verrons nous jamais vivre la pauvre France
Sous mesme accord de foi et de religion?
Ne verrons nous jamais qu'une grand legion
De proces, et souvent Astree sans balance?

Et ne verrons nous pas que les gens d'ordonnance
Reglez ne veuillent faire au peuple oppression,
Et que la vertu ait remuneration,
Emploiee aux estats sans en paier finance?

O grand Dieu! qui vois tout, qui aimes ornement,
Et d'ordre es amateur, donne nous reglement,
Donne nous reglement, et la France police,

La pauvre France, helas! qui tend à son declin,
Et par ses plus prochains est tiree à sa fin,
Par juste jugement de ta sainte justice.

## LXVI

Il ne te suffit pas, comte Mongomeri,
Que d'un coup malheureux de ta murtriere lance,
Tu aies rendu veuf le roiaume de France
De ce tres chrestien roi et tres puissant Henri (¹¹³).

Toi constant en malheurs et loing d'estre marri
D'un desastre si grand, tu vas à toute outrance,
Poursuivant des enfans la roialle puissance,
Et fais tous tes efforts de voir leur nom peri.

As tu posé si haut ton furieux heaume,
Avec tes adherans d'envahir le royaume,
Degastant le païs et par feu et par fer?

Le Dieu haut et puissant prend du roi la querelle,
Contre les fiers assauts de la ligue rebelle,
Et vos corps et esprits foudroira en enfer.

## LXVII

Les poures laboureurs ayant semé nos champs,
Et aiant racuilli les fruicts de leur culture,
Pensoient de leurs maisons avoir la nourriture,
Et non pas en nourrir ces rebelles meschans.

Ils n'avoient pas semé pour ces gentils marchans,
Pour ces meschans cruels, desquels la forfaicture
Ne peut imaginer humaine creature,
Honnissans l'Evangile et de David les chans.

Mais ils semoient pour eux leur femme, fils et fille,
Leur bouvier, leur chevrier et toute la famille,
Ne cuidant point avoir l'Huguenot pres leur flanc.

Ainsi le miel (present du ciel) n'est à l'abeille (¹¹⁴),
Semblablement la laine aussi n'est à l'oueille,
Pis est quand le pasteur la tond jusques au sang.

## LXVIII

Conducteurs de dragons, pere de toute rage,
Monstre horrible et fatal de nostre nation,
Tisiphone, ta mere, eut ceste vision
Qu'elle enfantoit un fleau aux hommes de nostre age.

Car fleau vrayment tu es du pauvre humain lignage,
Le tourment, la fraieur, la persecution,
L'injure, le malheur et la vexation,
T'enyvrant de son sang, te paissant du carnage.

O chef de mal encontre! o chef tres odieux!
Bourreau d'humanité, ennemi des hauts cieux,
Digne d'un autre vers que de ces humbles rymes.

Le monde et les enfers ne sauroient inventer
Les moiens assez grands pour bien te tourmenter,
Et punir dignement le moindre de tes crimes.

## LXIX

Avortons de Satan, vrais enfans de ruine,
Effrontez comme chiens, comme tygres cruels,
Qui dites hautement, que vous estes tous tels,
Que les observateurs de la sainte doctrine;

Qui vous dites planter la parole divine,
Brisant les croix du Christ, images et autels,
Qui dites meriter et vous rendre immortels,
Perçant d'une estocade aux prebstres la poitrine;

J'ai leu S. Jean, S. Luc, S. Marc et S. Matthieu,
Mais je ne trouve point la dedans aucun lieu,
Qui vivre tellement nous commende et enseigne.

Où est vostre Evangile? Où est ce saint escript?
Ha pervers, malheureux! c'est le malin esprit,
Qui de vos esquadrons est guidon et enseigne (¹⁴⁵).

## LXX

O toi ! à qui terreur dona nom de Terride [116]
(On semble pour le moins qu'elle te l'ait donné)
En ces externes biens et honeurs fortuné,
Qui guidas en Bearn de tes chevaux la bride ;

Quelque ange trop malin te fut conduite et guide,
Vers ce pais, qui fit ton heur infortuné,
Où ton heur et malheur tu as veu termine :
Tel est pris bien souvent qui prendre un autre cuide [117].

Fabe le cunctateur prudemment delaiant
Mist son affaire sus [118] : et toi trop sursoiant
Traças à l'ennemi en deux païs la voie [119],

Qui usant de roideur et de celerité [120],
Se peut dire avoir eu telle felicité
Que de toi et tes gens il a fait belle proie.

## LXXI

Helas ! que l'homme est bien le jouet de Fortune !
Elle lui fait semblant de l'aimer et cherir,
El' veut le caresser, advancer, favorir,
Et en tout et par tout se monstrer oportune.

Puis inconstante apres tout ainsi que la lune [121]
Aneantist celui qu'elle avoit fait fleurir,
Le faisant miserable et de regret mourir,
Tant par ses griefs tormens le presse et l'importune.

A Dieu, Fortune, à Dieu : je te promets ma foi
Que ne tiendrai jamais aucun compte de toi,
Et ne te porterai offrande ni chandelle.

Je ne mettrai fiance en ta fraisle faveur,
Je n'espere d'avoir de toi bien ni honneur :
Vertu sera mon phare et ma guide eternelle [122].

## LXXII

Quiconque es le prescheur de ceste saincte armee
De gens de sac et corde, et gens desordonez,
A tout acte meschant, à tout vice adones,
Qui est d'assazinat et massacre affamee.

Ta colombe cherie et ton espouse aimee,
Ton eglise (l'appui de malins forcenez),
Composee de gens de Dieu abandonnez,
N'est el' pas à bon droit l'eglise reformée?

Toi estant le ministre, l'evesque et le pasteur
D'un si meschant disciple et impie auditeur,
Je te croi un meschant qu'on deut à bon droit pendre.

Le dogme n'est pas bon, qui tant de maux produit,
Comme n'est l'arbre aussi qui ne porte bon fruit ([133]),
Qui ne vaut seulement qu'à faire feu et cendre.

## LXXIII

Que ferai-je, mon âme, ô âme en moi infuse
Du supernel ([134]) manoir, si je trouve volez
Mes livres et papiers, si je trouve bruslez
Les doux amusemens de ma petite muse?

Esquels si on me dit que par trop je m'abuse,
Je me di abuse, et di mes sens soulez,
Et le veux, et si veux que mes ans soient coulez,
Practiquant d'Apollon le moien et la ruse.

Car plustost on verra le fiel devenir miel,
Et la terre plustost se convertir en ciel,
Qu'on ne me voie quitter le papier et le livre.

Chascun fait et faira suivant ce qu'il entend :
L'un pretend là, et l'autre en autre part pretend :
Je pretends le mestier de Calliope suivre.

## LXXIV

Fils et frere de rois, second enfant de France ([135]),
Vaillant comme un Cesar, noble sang de Hector,
Va heureux nous changeant en un beau siecle d'or
Ce temps calamiteux par vertu de ta lance.

Marche victorieux contre la violance
De Viriats ([136]), Bargues ([137]), qui pillent le thresor
Aux temples consacré, et comme Hercule encor
De ces monstres sanglants abba l'outrecuidance.

Va prince genereux, et fai punition
De ces Kakuz (qui sont chefz de rebellion)
Qui serve à nos nepveus d'un memorable exemple.

Alors pour tes beaux faits, nous estans maintenus,
Et seurs en nos maisons, nous te serons tenus
De t'establir honeurs et te sacrer un temple.

## LXXV

Mon These, mon Damon ([138]), qui es de mesme estude,
Et mesme affection avec moi, ô compain !
Qui mangeons soubs un toict ensemble un mesme pain,
Contemplans de fortune une vicissitude,

De souscis et regrets une grand multitude
Me demange, et si croy qu'il le tient mesme soin
De nostre vin et bled, de nostre avoine et foin,
Et miserable estat de nostre servitude ([159]).

Que fairions nous, ami, de ce malheureux temps?
Il nous faut maugre nous estre de ce contens,
Et nous faut endurer doucement ce desastre.

Le ciel qui or permet que soions desolez,
Voudra dans peu de jours que soions consolez :
La saison ore est mere et ores est merastre ([160]).

## LXXVI

Fuiant de mon païs, magnifique Tolose,
J'ai trouvee ches toi bonne hospitalité.
Les vivres n'y sont pas en trop grande cherté,
Mais j'y trouve defaut et d'une et d'autre chose.

L'estude et le Palais, qui sont la belle rose
De ton chef, ne sont point en telle qualite,
Qu'ils estoient autrefois : moindre est leur dignite :
Tu me pardonneras, si dire je te l'ose.

Tu me pardonneras, si je parle si haut :
Mais je sçai que de toi ne provient ce deffaut,
Qui floris en sagesse et en toute prudence.

D'où vient ce changement? d'où vient donc ce malheur?
Au ciel s'en est volé (ce crois-je) le bonheur,
Despuis que l'Huguenot s'est monstré en la France.

## LXXVII

Emond, qui entens bien la sainte Theologie,
Comme estant des compains du nom de Jésus-Christ ([161]),
Qui a leu en ta vie et maint et maint escrit,
Et as revelement de quelque aultre Egerie,

Console moi, Emond, et di moi, je te prie,
Si c'est un bon demon ou un malin esprit,
Qui les portes de France et bas et haut ouvrit
A ces malheurs sanglans, dont chascun haut s'escrie.

Est-ce l'ire de Dieu? est-ce l'influxion
Du ciel, qui nous plongea en ceste affliction,
Et qui nous cause encor tels et si grans desastres?

Où sont les sages gens d'un royaume si grand
Pour abbatre le fort du malheur apparant?
Le sage (comme on dit) dominera les astres ([162]).

### LXXVIII

Forcatel, que la muse et la jurisprudence
Font fleurir tout ainsi qu'un arbre plantureux (¹⁶³),
Helas! que nous serions, que nous serions heureux,
Si n'estoit de ce temps la maligne influence.

Des sept arts liberaux grande est l'intelligence.
Du latin et du grec chascun est desireux,
De tout sçavoir l'esprit humain est amoureux :
Nostre mal viendroit-il de trop grande science?

Le droit est entendu et l'art medicinal,
La theologie aussi (humeur vrai radical
De nos dissenssions) est deument esclaircie.

Bien est vrai que les uns la tirent d'un coste,
Et les autres d'un autre, ô contrariete!
Je croi que trop sçavoir n'est utile en la vie.

### LXXIX

Tixier, qui bon matin fais courir ta navete,
Tu me mets Penelope en mon resouvenir,
Et l'œuvre qu'el tissoit attendant le venir
D'Ulysse, son mari, le bon fils de Laërte.

Lequel loing du païs aiant este à l'herte
Longuement, Calypson desiroit retenir :
Mais mourir il aima plustost, que s'abstenir
D'aller voir son Ithaque et sa Penelopete.

Comme l'or est cheri sur tout autre metal,
Ainsi sur tout païs est le païs natal,
Qui de sa grand douceur tousjours à soi nous meine (¹⁶⁴).

Il ne faut s'esbair donques aucunement.
Si pour mon cher pais je suis en grand tourment,
Et d'en estre prive si je me donne peine.

## LXXX

Après avoir tondus les verds cheveux des pres ([135]),
Puis apres retirez au dedans des fenieres ;
Après avoir sié les graineuses crinieres,
Les bons et beaux presens de la dame Ceres :

Apres avoir coupé d'Iäch ([166]) les dons sacrez,
Puis en avoir coulé de petites rivieres ;
Apres que pour l'hyver les nymphes forestieres
Nous ont donné du bois de leurs belles forets :

Et bien quoy? nous fuions, nous enfuions grand erre,
Craignants du Huguenot la non-ouie guerre,
Aiants laissé les biens susdicts en nos maisons.

Où l'Huguenot fatal, l'Huguenot caut ([167]) et traistre
(Ha, lieutenant de roi!) s'est faict seigneur et maistre,
Et nous n'avons recours qu'à pleurs et oraisons.

## LXXXI

Descen, Dieu souverain, nous appaiser ce schisme,
Pour afin que le Turc ne voise mesdisant
De nous, et par brocars qu'il n'aille point disant,
Où est le Dieu puissant de ce Christianisme?

Extirpe le Seigneur comme l'Arrianisme,
Comme tant de malheurs au peuple produisant
Ce discord malheureux nous est par trop nuisant,
Escarbouille ([168]) les chefs de cest Huguenotisme.

Seigneur, chasse bien loing de nous l'opinion,
Remets ton pauvre peuple en ta sainte union.
Envoie nous ta paix, envoie ta concorde.

Retien le fleau, duquel tu punis nos pechez,
Fai que dorsenavant nous n'en soions tachez,
Oublie les passez par ta misericorde.

## LXXXII

Conducteur inhumain d'une armee barbare,
Qui n'uses de respect de raison ny moien,
Alexandre-le-Grand encore qu'il fut payen,
Fit grace à la maison et parens de Pindare ([169]).

Mais tu ne fais ainsi, plus selon qu'un Tartare,
Bien qu'à ton dire sois un reforme chrestien,
Bruslant un Helicon, le logis qui est mien,
Respectant nullement le savoir qui est rare.

Je sen desja le tan qui poingt mon estomac,
Duquel encontre Ibis fut pique Callimach ([170]),
Qui te faira sentir la vertu d'un poete.

Je te ruray un coup par un vers immortel,
Qui te touchera plus le cœur, qu'un coup mortel
Venant d'une main forte et de roide sagette ([171]).

## LXXXIII

Ainsi alloit ce saint Archiloch larmoiant ([172]),
Regretant et la sienne et commune misere,
Lorsque Charles estoit contre ceste gent fière
A Saint-Jean-d'Angeli du canon foudroiant ([173]).

Où Henri fils et frere à nos rois guerroiant
Comme un Cesar, à tous fait faire la carriere,
Et premier des premiers va brisant la barriere,
Comme un Mars jouvenceau en armes flamboiant

Veuille le ciel benin leur faire ceste grace
De bien pouvoir donter la furieuse audace
Du rebelle Huguenot, et sanglant ennemi.

Veuille d'œil de pitie regarder nostre France,
Et veuille regarder la roialle jouvance,
Et estre des Valois protecteur et ami.

## LXXXIV

Mon These, mon Damon, le Normand a vuide
De nostre ville, allons, marchons en diligence
Pour entendre et pour voir de fortune la chance.
He, que l'estat humain ressemble au jeu du dé !

Allons, nostre chemin sera de Dieu guide :
En Dieu nous faut tousjours mettre nostre esperance,
Et pour les accidens de mondaine inconstance,
Nous faut sur un roc ferme avoir le cœur fondé.

Montons donc à cheval : n'ois-tu crier l'agasse ([174]),
Augurant que le ciel nous veut faire la grace
De nous conduire en brief sauves en nos maisons?

Arrivez que soions en la natalle terre
Marquerons les effects et de paix et de guerre,
Et la vicissitude et chance des saisons?

## LXXXV

Helas! donques les yeux de nostre pauvre ville,
Les edifices saints, les pies bastimens,
Sont ainsi demolis par pervers garnimens ([175])
D'une estrange façon sauvage et incivile?

Ha! siecle diffamé de la guerre civile,
Que gagnes-tu par là? Mais quels avancemens
Fais-tu en dissipant les sacrés ossemens?
Ha! France redigée en forme abjecte et vile!

Allons-nous en, ami, ostons nous de ce lieu,
De ce lieu profane, abandonné de Dieu,
Et s'il te plait ainsi, prenons ailleurs adresse.

La veue de ce lieu me fait un creve cœur :
Car l'œil plus que l'oreille augmente la douleur,
Et si nous va causant beaucoup plus de tristesse.

## LXXXVI

Vinet, mon cher ami, honneur des Saintongeois ([176]),
Ces gens ont ruiné ma pauvre maisonete,
Laquelle tu dirois ressembler un skelete ([177]),
Mot qui ne se peut dire en langage françois ([178]).

Je sçay qu'avec plaisir ces nouvelles tu n'ois,
Estant bien asseuré que plains mon amelete ([179]),
De ce qu'el' ma maison tendretement regrete,
Gemissant et jettant de bien piteuses vois.

Mais le tout bien compté, ô l'honneur de Saintonge,
Tout œuvre humain n'est rien que poudre, qu'ombre et songe.
Nous hommes avons beau nous rompre le cerveau.

Il est temps de bastir, il est temps de ruine :
Ainsi est decreté par l'essence divine :
Et de s'en contrister ce n'est que batre l'eau.

## LXXXVII

Quand bien ces œufs nouveaux enfantez par ma muse
Escloroient des oiseaux, que tu fains merveilleux,
Ils n'esclorroient de tels que Castor et Pollux,
Que Jupin engendra jouant si bien sa ruse.

Il n'est en ma poullastre ([180]) une vigueur infuse,
Qui soit masse et robusto, ains par un vent molteux.
Sans operation de coc el' fait ses œufs,
Ausquels mere nature ame et vie refuse ([181]).

Mais ore que ma poulle esclouit des oyseaux,
Tous tels que tu me dis, excellents en chants beaux,
Et bien representans la musique divine :

Ces chantres excellens ne tiendroient aucun rang
De faveur ny d'honneur, car nul oyseau, du Franc,
N'est en prix aujourd'hui que l'oyseau de rapine.

## LXXXVIII

Dirons-nous, Saintgenez, le temps present heureux,
Pour avoir des grands biens et vertus cognoissance,
Ou comme aiant de maux et de vices science,
Et practique trop grand' dirons le malheureux.

De bien et mal vraiement ce siecle est plantureux :
Mais qui pourroit poizer le bien et mal de France,
Chascun en son cousté mettant en la balance,
Lequel de ces deux la seroit plus pondereux.

Le bien seroit beaucoup plus court que la malice :
La raison est d'autant que l'humaine police,
Et divine aujourd'hui abas du tout ou met.

Nous faisons nostre Dieu de nostre phantasie :
De mille opinions nostre teste est remplie :
On ne sçait qui croit Christ ou qui croit Mahumet.

## LXXXIX

Apres les longs travaux et les grandes ruines,
L'effusion du sang et tres cruels torments ;
Apres transport de biens, piteux renversemens
De toutes bonnes loix humaines et divines,

Apres les lis (¹³²) emeus par les troupes mutines
Des fataux Huguenots, apres les bruslemens
De temples et maisons, l'on faict appoinctemens
Cornus, et une paix de feintes et de mines.

La paix soit de par Dieu : mais quand S. Paul viendroit
Me prescher, et quand Christ de la haut descendroit,
Ne fairoient m'embrasser ceste briganderie :

Peste que j'abomine, et hai mortellement,
Pour l'injure impiteuse et cruel traitement,
Que les Normans ont fait à ma chere patrie.

## XC

Celui qui envieilli au mestier de la Muse
S'en va par une foire et çà et la marchant,
Regardant tantost l'un, tantost l'autre marchand,
Et aux divers objects sans mal penser s'amuse :

Ou qui songeard le ciel et les astres accuse
De ce temps miserable, à bon droit se faschant,
Il est en grand dangier, que le larron cherchant
L'heure pour larroner, ne lui joue une ruse.

Toute chose a son temps : en un lieu de marché,
Ne faut avoir ailleurs nostre esprit empesché,
Pour ne choir au fossé regardant devers l'Ourse [183].

Si j'eusse cautement pourpensé à par moi,
Qu'en foire les larrons vont exerçant leur loi,
L'on ne m'eust pas emblé [184] si dextrement la bourse.

## XCI

Mon La Tourre, qui es un de mes grans amis,
Il faut dorenavant que je me contregarde
Des kalendes d'aoust : ce jour-la me regarde
Notablement, et m'a à son pouvoir soubmis.

Un tel jour me suis-je veu captif des ennemis,
Lorsqu'eux venants de nuict par nostre grand mesgarde
(Qui garderoit un lieu, si le ciel ne le guarde?),
Nous firent mille maux, dont encore j'en gemis.

Encores un tel jour nasquit Louis Emyle,
L'an que Charles neufvieme entra en ceste ville [185] :
Ne sçay s'il ensuivra le bon ou mauvais trac [186].

Encore en pareil jour ceste presente annee,
Que j'ay veu ma cité et maison ruinee,
Un larron finement m'a pris argent et sac.

## XCII

Les secousses et hurts, que nostre monarchie
A senti par trois fois, m'ont fait souvent penser,
Et douter si le ciel la voudroit renverser,
Et faire que la France autrement fut regie.

De ceste fievre chaude ou bien apoplexie,
Dont la France a esté jusques à trespasser,
Les causes pourroient estre à bien les balancer,
Ou bien pedocratie [187], ou gynecocratie [188].

Car regne administré soubs femme ou soubs enfant,
En mil divisions et en schismes se fend
Pour l'imbecillite ou du sexe ou de l'age.

Certes, quoiqu'il en soit, ce roiaume gaulois
A este ravagé contre tous droits et loix :
Dieu le veuille garder d'un tel autre ravage.

## XCIII

Girard, Girard, Girard, m'entens-tu bien encore?
Je croi, Girard, que non, car croi que tu m'as mis
En la page (ah! mauvais!) des obliez amis,
Et as pour mon regard trop beu de mandragore [189].

Bien que ta docte plume embellisse et decore
La France, et que tu sois à un estat commis
Plein d'honneur et profit [190], ton fait n'est pas admis
Oubliant ton compaing ancien qui t'honore,

Qui t'honore et qui t'aime, ainsi que tu peux voir
Par ces vers faicts expres, pour te ramentevoir
Nostre antique amitié, dont tu n'as souvenance.

Est-il vrai? S'il ne l'est, monstre donc à Vacquieux
Qu'envers ton bon ami tu te portes bien mieux,
Et que tu ne l'as mis du tout en oubliance.

## XCIV

Je ne veux estre peint au craion ni à l'huile,
Je ne veux en façon quelconque estre exprimé,
Tout venant de tels arts, tant soit-il bien limé,
Ne bougeant, ne partant est caduque et fragile.

Bien voudrois estre peint d'autre pinceau et style :
Si mon merite estoit jusques la estimé,
Le pourtraict du Flaman ([191]), bien qu'il semble animé,
Se perit, non celluy d'Homere et de Virgile.

Le pourtraict excellent de la mere Venus
Est venu en neant ([192]), en neant sont venus
Tous les autres tableaux du tant fameux Apelle.

Mais les pourtraicts parlants façonnés en beaux vers,
Sans crainte de perir volent par l'univers,
Et donnent aux mortels une vie immortelle.

## XCV

Bien que nous ne soions pareils en sympathie,
Et que ton demon soit trop plus haut que le mien,
Le mien n'estant en rien paragonnable ([193]) au tien,
Au tien tousjours poussé d'une saincte manie :

Bien qu'estant esloigné de nostre Academie
(Seul manoir des neuf sœurs et du dieu Cynthic),
Puis treze ou quatorze ans, qu'icy coy je me tien,
Sans desir de renom j'aye coule ma vie :

Ni ma condition, ni l'interval du temps,
Ni les destins cruels à nos maux consentens,
N'ont emeu tant soit peu ton nom de ma memoire.

Qui plus est, ton idole et ça et la volant
Par ne scay quel motif abstrait et violent,
Me vient fraper les yeux en ce mien territoire.

## XCVI

Pense, mon du Chemin, pense bien à ton fait,
Et ne fai tout ainsi que fit Epimethee,
Mais fai ainsi que fit le sage Promethee [194] :
Ce qui est fait un coup ne peut estre non fait [195].

Avant qu'un tien advis ne sorte son effet,
Fai que soit à rigueur la cause examinee : _
L'affaire qui trop tost sera determinee,
S' elle importe beaucoup, peut causer un meffait.

Rumine si tu dois t'obliger à Calliste,
Afin qu'un repentir quelque jour ne t'atriste,
Et pren pour toi, si peux, la meilleure raison [196].

Tout homme ard de desir d'accroistre son lignage :
Comment le faira il n'estant en mariage?
Car sans femme on ne fait qu'une demi-maison.

## XCVII

Guerre, guerre qui as desbati ma maison,
Aspre guerre, par qui le roiaume de France
S'est veu, helas! reduit en piteuse souffrance,
Ne vienes devers nous en nul temps et saison.

Aimable paix, qui as rebasti ma maison,
Douce paix, qui produis plus de bien et chevance
Que ne produiroient pas cent cornes d'abondance,
Ne bouge de ches nous en nul temps et saison.

Toutes seditions et discordes civiles,
Ruinent et chateaux et bourgades et villes,
Et font voir et sentir toute idee de maux.

Toi, paix, fille de Dieu, toi, paix, douce nourrice
Des humains, tu nous es comme mère propice,
Et portant tout bonheur amortis nos travaux.

### XCVIII

L'an mil cinq cens et trente, et le quatriesme jour
Decembre je nasquis : j'auray en reverence
Tant que seray vivant, ce jour de ma naissance,
Et le celebrerai chasqu'an à son retour.

Je louerai mon Dieu m'aiant fait ce bon tour
De m'avoir donne vie et ceste humaine essence :
Car de bien et de mal nous avons cognoissance,
Tant qu'homes nous vivons en ce mortel sejour.

Mais des que de nos yeux sillée est la paupiere
Du sommeil de la mort, ne sommes que poussiere,
Ne sommes que poussiere, et cendre et vanité ([197]).

En honeur donc du jour premier que je pris vie,
Je veux faire un banquet auquel je te convie ;
Vien donc, ami, au jour de ma nativité.

### XCIX

Honorant le tombeau et cendres de ta sœur,
Afin de prolonger son renom et memoire,
Tu fais un acte bel et tres digne de gloire,
Lui donnant d'amitié un tesmoignage seur.

Nous ne sommes amis, si nous avons tel cœur
D'oublier les amis, qui s'en sont allez boire
L'eau triste d'Acheron, et si venons à croire,
Qu'on doit aimer les vifz pour avoir d'eux valeur.

Toi estant d'esprit doux, et de naturel sage,
Perron, apres leur mort, ne changes de courage,
Ains on te voit d'un tan d'amitié ferme espoinct.

Comme ores vers ta sœur tu mets en evidence,
Faisant à son honneur une noble despence.
Cil qui n'aime les os et cendres, n'aimoit point ([198]).

C

L'homme est prudent, non pas pour autant qu'il a main,.
Ainsi que soustenoit le fol Anaxagore ([199]) :
Mais Dieu tout prevoiant l'homme de mains honore,
Pour ce qu'il est prudent, bon à tous, et humain.

L'homme ayant son regard devers le ciel hautain,
Comme cil qui sur tous animaux Dieu adore ([200]),
Tous les ans de ses mains sème, cueilt, et encore
Fait tous actes qu'il veut, si des mains il est sain.

Instrument d'instruments la main jadis fut dite
Par le docte et subtil sophiste Stagirite ([201]),
Pour autant que la main toutes œuvres parfait.

L'homme avecques la main escrivant ou histoire,
Ou bien autre subject, s'acquiert insigne gloire,
Et cognoistre par tout l'univers il se fait..

FIN DE LA PREMIERE CENTURIE

DES SONNETS EXOTÉRIQUES.

# NOTES

------

(¹) Allusion au proverbe : Μὴ κίνει Καμαρίναν, *Camarinam ne moveas.*
On sait que la ville de Sicile appelée *Camarina* fut surprise par les
Syracusains, qui profitèrent d'un marais imprudemment desséché
par les habitants, malgré la défense de l'oracle. Ce marais portant le
même nom que la ville, le proverbe s'explique facilement. Charles
Estienne (*Dictionarium historicum, geographicum, poeticum,* édition
de Genève, 1638) renvoie, pour l'origine et l'interprétation du proverbe, aux *Commentaires* de Servius sur ces deux vers du livre III
de l'*Énéide,* v. 700 :

> .... Et satis nunquam concessa moveri
> Apparet Camarina procul, campique Geloi.

Voir encore Érasme, *Adagiorum chiliades quatuor,* etc. (1558, in-fᵒ.
p. 44). Là, des vers de Virgile est rapproché un vers de Silius Italicus
(XIV, v. 199).

(²) Il s'agit du 179ᵉ vers du troisième chant de l'*Iliade.* Imbert fait
allusion à un passage de Plutarque (*De la fortune d'Alexandre,* I),
que je crois devoir transcrire d'après Amyot : « Et si quelquefois,
en devisant des lettres, on venoit a faire comparaison des vers
d'Homère, ou bien, entre les propos de table, s'il se mettoit en avant
lequel estoit le plus excellent, comme l'un en alleguast un, et l'autre
un autre, luy [Alexandre] preferoit cestuy cy à tous les autres :

> Sage en conseil et vaillant au combat ;

faisant son compte que la louange que l'autre avoit donnée au roy
Agamemnon, quelque aage au paravant, estoit une loy pour luy
mesme, tellement qu'il disoit que Homère, en un mesme vers avoit
honoré la vaillance d'Agamemnon, et prophétisé celle d'Alexandre. »

(³) Voltaire s'est rencontré avec Imbert : il avait surnommé M^me du Deffand l'*aveugle clairvoyante*.

(⁴) Certes l'enjambement est hardi, mais l'éloge du *divin* Henri III l'est encore davantage. Ronsard n'a guère moins loué le triste prince dans le poème qu'il lui a dédié : *Le bocage royal*.

(⁵) De *clarus*, célèbre.

(⁶) A ceux qui auraient oublié leur mythologie, je rappellerai que les *Charites* (de Χάριτες) étaient les mêmes que les *Grâces*. Ronsard a dit, dans le premier livre des *Amours* :

> Car pour la peindre ainsi qu'elle mérite,
> Peindre il faudrait celle d'une Charite.

Dans les *Mascarades*, Ronsard a intitulé *la Charite* une charmante pièce allégorique où l'on trouve le plus beau portrait qui ait jamais été retracé de Marguerite de Valois.

(⁷)
> Par leur propre bonheur bienheurent vos vieux ans.
> ( Du Bartas, *le septième jour de la Sepmaine.*)

> O heureux qui se peut, comme luy, bienheurer
> Par une heureuse mort, par une heureuse vie,
> D'une telle mémoire après la mort suivie !
> ( De Brach, *Tombeau de Monluc.*)

(⁸) Imbert avait raison de dire au chancelier le mot fameux qu'Hérodote, en dépit de la chronologie, attribue à Solon devant Crésus (liv. I, chap. xxxii). Michel de l'Hospital mourut dans la disgrâce et dans la tristesse, le 13 mars 1573. Le sonnet d'Imbert, qu'aucun des nombreux biographes du chancelier n'a cité, doit être antérieur à l'année 1568, car déjà, au mois de mai de cette année, les sceaux lui avaient été redemandés, et il s'était retiré dans sa terre du Vignay, où sa vie, quatre ans plus tard, devait être menacée par quelques-uns des égorgeurs de la Saint-Barthélemy. Du sonnet d'Imbert on peut rapprocher l'ode de Ronsard à Michel de l'Hospital (livre I^er des *Odes*). Le même Ronsard a développé (*Du retour d'Anne de Montmorency, connétable de France,* second livre des *Poèmes*) la pensée du dernier tercet de ce sonnet :

> On ne doit appeler tandis qu'il vit ici,
> Un homme bien heureux ni malheureux aussi, etc.

(⁹) Ce dernier vers me semble relever quelque peu un sonnet tout rempli de vieilles banalités. C'est comme une note sonore et brillante succédant à une monotone série de notes sourdes et effacées.

($^{10}$) Du Bartas a dit (*le Sixième jour de la Sepmaine*) :

> Mais comme l'œil, qui n'est offencé d'un catherre.

M. Littré a retrouvé *caterre* dans Commynes, dans Jean Marot, dans Ambroise Paré, et il remarque, après Chifflet, que tout le XVII$^e$ siècle a prononcé *caterre*.

($^{11}$) Oublions, en lisant ces chants d'un *borgne*, les vers sublimes dans lesquels Milton déplore, au début du 3$^{me}$ chant du *Paradis perdu*, le malheur de ne pouvoir plus jouir de la lumière, cette « souveraine de la vie », vers qui sont une touchante paraphrase de cette parole biblique (*Ecclésiaste*, chap. XI, verset 7) : « *Dulce lumen, et delectabile est oculis videre solem.* »

($^{12}$) Il faut savoir gré à Imbert de ce tercet où, tout en saluant le génie de Lucrèce, il condamne en termes heureux les doctrines dont l'auteur du *De natura rerum* s'est fait, selon l'expression d'Ovide, l'interprète immortel :

> Carmina sublimi tunc sunt peritura Lucreti,
> Exitio terras quum dabit una dies.

Ronsard (*Préface sur la* FRANCIADE) a, de même, sévèrement jugé le philosophe et ce qu'il appelle *ses frénésies*, et grandement admiré l'écrivain, dont les vers lui paraissent « non seulement excellents, mais divins. »

($^{13}$) Du Bartas s'est élevé lui aussi *(le Second jour de la Sepmaine)*

> « Contre les vains discours du prophane Épicure. »

Voir une énergique réfutation des erreurs d'Épicure dans le passage du *Septiesme jour de la Sepmaine* qui commence ainsi :

> Non que j'aille forgeant une Divinité
> Qui languisse là haut en morne oisiveté,
> Qui n'aime les vertus, qui ne punit les vices, etc.

Citons encore, contre Épicure et son école, les quatrains 20$^e$ et 21$^e$ du *bon monsieur de Pibrac.*

($^{14}$) C'est l'oiseau que nous appelons *loriot* et que Bernard Palissy appelait *l'oriou* (*OEuvres complètes* publiées par P.-A. Cap, p. 114). Joseph Scaliger a tiré avec raison du latin *aureolus* le nom de cet oiseau au plumage jaune, et pour ainsi dire doré. Du Bartas a dit (*Premier jour de la seconde Sepmaine*) :

> Car pour lors les corbeaux, oriots et hiboux
> Avoyent des rossignols le chant doctement doux.

(¹⁵) Souvenir de ce demi-vers de Stace (*Thébaïde*, liv. XII, 817) : *Sed longe sequere....*

(¹⁶) Tout le contraire de cette fureur ardente, impétueuse, *furor arduus*, que le même Stace vante dans Lucrèce (*Silves*, II, VII, 76).

(¹⁷) C'est-à-dire qu'ils ressemblent à ces pièces de monnaie qui n'ont pas tout à fait, quand on les pèse au trébuchet, le poids voulu pour faire pencher même le plus légèrement la délicate balance. On se rappelle les pistoles *bien trébuchantes* dont parle Molière. Celles-là étaient de meilleur aloi que les vers de notre poète. S'il est vrai toutefois qu'un humble discours désarme la sévérité du juge *(Responsio mollis frangit iram)*, ne doit-on pas être miséricordieux envers un auteur qui confesse si courageusement son infériorité ?

(¹⁸) Ronsard « appela la *Pléiade* la compagnie de Jean Antoine de Baïf, de Joachim du Bellai, de Pontus de Tyard, d'Étienne Jodelle, de Remi Belleau, de Dorat et de lui, parce qu'ils étaient les premiers et plus excellens, par la diligence desquels la poésie française était montée au comble de tout honneur. » (Binet, *Vie de Ronsard*.) — Voir sur la *Pléiade*, outre le livre toujours jeune de M. Sainte-Beuve (*Tableau historique et critique de la poésie française*, édition de 1843), le beau recueil de M. Ch. Marty-Laveaux, enrichi de si excellentes notes et notices : *La Pléiade française* (Paris, Alph. Lemerre). Ce qui a paru déjà de ce recueil est fait pour combler de joie et d'admiration tous les amis du XVIe siècle.

(¹⁹) Aucun des éditeurs de Ronsard, aucun des critiques qui ont étudié ce poète, n'a connu l'hommage qui lui a été rendu ici par son camarade de collége.

(²⁰) Du grec Ζεὺς φίλιος. Jupiter protecteur de l'amitié.

(²¹) Un sentiment sincère a dicté ce sonnet; il y a là de l'affection et de la tristesse. Dans cet appel adressé à un oublieux condisciple, on reconnaît un cri du cœur. Baïf, qui a fourni tant de détails sur lui-même et sur ses amis (Dorat, Ronsard, etc.), dans la longue pièce de vers adressée à Charles IX que l'on voit au commencement de ses *OEuvres en rime* (Paris, 1573, in-8º), Baïf, dis-je, ne paraît avoir que trop mérité les reproches qu'Imbert lui adresse, car ni là, ni ailleurs, il ne lui a donné, même en passant, le plus faible témoignage de sympathie.

(**22**) Pardeillan (Jean de) était un ami d'Olivier de Magny, qui l'a fort loué dans ses *Odes* (1559). Un autre poète, Jacques Tahureau, a aussi fort loué sa *Colombe*, c'est-à-dire, ainsi que parle l'abbé Goujet (XII, 50), « les vers que celui-ci avait composés à l'honneur de sa maîtresse, qu'il nommoit Colombe. » Goujet n'a connu Pardeillan que par les recueils de Magny et de Tahureau. M. Léonce Couture (*Esquisse d'une histoire littéraire de la Gascogne*, p. 572 du t. II du *Bulletin d'Auch*), a dit de Jean de Pardeillan que, s'il fallait en croire les éloges des poètes du temps, il aurait mieux réussi qu'Imbert. Mais, a-t-il ajouté, « sa *Colombe* tant vantée est restée en portefeuille, et on ne peut le juger que sur quelques vers épars dans les œuvres de ses amis. » Ronsard (second livre des *Amours*) a adressé un sonnet

> J'avais cent fois juré de jamais ne revoir,
> — O serment d'amoureux ! — l'angélique visage....

à un *Pardaillan* qui est peut-être le même que notre poète.

(**23**) Allusion au mot d'Horace sur l'air épais de la Béotie, province qui pourtant produisit Pindare, Hésiode et Corinne.

(**24**) Bernard de Girard, seigneur du Haillan, né à Bordeaux vers 1535, mort à Paris le 23 novembre 1610. Malgré les articles de Bayle et de Niceron, il reste à faire sur B. de Girard un travail qui serait bien intéressant.

(**25**) B. de Girard est plus connu comme historien que comme poète. Il débuta dans la carrière littéraire par le poème intitulé : *l'Union des princes par les mariages de Philippe, roi d'Espagne, et madame Élisabeth de France, et encore de Philibert Emmanuel, duc de Savoie, et madame Marguerite de France* (Paris, 1559, in-8°). La même année, il publia dans la même ville un autre poème, que Bayle, d'après Du Verdier, intitule : *le Tombeau du roy très chrestien Henri II de ce nom*, mais auquel le *Manuel du Libraire* donne cet autre titre : *le Trépas de Henri II et son épitaphe* (Paris, in-8°).

(**26**) Il faut rapprocher ce sonnet et tous les sonnets relatifs aux douloureux événements d'alors, des *Discours des misères de ce temps*, par Ronsard, de divers passages des *Œuvres* de Du Bartas, et surtout du curieux poème anonyme donné par M. Jules Delpit dans le t. I<sup>er</sup> des *Publications de la Société des Bibliophiles de Guyenne : Plainte de la Guienne au Roy*, poème qui parut, pour la première fois, en 1577.

(**27**) Montaigne (*Essais*, liv. II, chap. xxxvii) a rappelé lui aussi

que « Adrian l'empereur crioit sans cesse, en mourant, que la presse
des medecins l'avoit tué. » Le mot a été rapporté par Dion Cassius,
liv. LXIX.

(²⁸) Ce sonnet a été composé en 1573, puisque ce fut dans la nuit
du 1ᵉʳ août 1569 que les huguenots envahirent et ravagèrent la ville
de La Romieu, voisine de Condom. Le plus récent annaliste de la
Gascogne, M. l'abbé Monlezun, n'a rien dit de ce triste épisode de
l'histoire de La Romieu (t. V, 1850).

(²⁹)
Et nous, sacré troupeau des Muses, qui ne sommes
Usuriers, ni trompeurs, ni *assassineurs* d'hommes....
(Ronsard, *seconde partie du Bocage royal.*)

(³⁰) Virgile a dit (*Énéide*, chant I, vers 297) :

... Forsan et hæc olim meminisse juvabit.

(³¹) Ou fèvre, ouvrier en métal, de *faber*. Le *Dictionnaire de Trévoux*
rappelle que les maîtres maréchaux-ferrants de Paris, dans leurs
statuts et dans leurs lettres patentes, prenaient la qualité de *feures
maréchaux*.

(³²) Le *Feure volant*, c'est Dédale. L'abbé Gédoyn, dans le t. IX des
*Mémoires de l'Académie des Inscriptions*, a réuni et commenté tous les
témoignages anciens relatifs à l'*Histoire de Dédale*.

(³³) Scopas, un des plus grands sculpteurs de la Grèce. Voir, sur
sa participation aux travaux du tombeau de Mausole, Pline (*Hist. nat.*,
liv. XXXVI, chap. ıv), M. Beulé, dans le *Journal des Savants* de janvier 1867, p. 20. Horace a parlé de lui (ode 8 du livre IV). Du
Bartas en a aussi parlé dans le *Premier jour de la Sepmaine* et dans
l'*Uranie*.

(³⁴) L'architecte du temple de Diane, à Éphèse, architecte appelé
Chersiphron, et sur lequel on peut consulter surtout Pline, Strabon,
Vitruve. Du Bartas *(Premier jour de la Sepmaine)* l'a nommé *Cusiphon*.

(³⁵) Feure serait-il le même que Jean Le Fèvre, mort en 1565, sur
lequel Colletet a donné une notice dans ses *Vies des poètes français?*
Deux homonymes, Antoine Le Fèvre, mort en 1584, et Nicolas Le
Fèvre, mort la même année, figurent dans le même recueil.

(³⁶) Jean-Pierre de Meśmes, fils naturel, selon La Croix du Maine,
neveu, selon Du Verdier, de Jean-Jacques de Mesmes, chevalier, sei-

gneur de Roissy, maître des requêtes, ambassadeur, etc., et le premier de sa race qui quitta la Gascogne pour s'établir à Paris. Jean-Pierre de Mesmes composa un ouvrage qui eut une certaine célébrité, et auquel Imbert fait allusion, les *Institutions astronomiques,* qui parurent à Paris (in-f°, 1557, chez Vascosan). Il a aussi laissé quelques vers qui lui ont valu l'honneur de figurer dans les *Vies des Poëtes* de Guillaume Colletet. Je publierai prochainement cette notice biographique, qui fera suite aux *Vies des Poëtes gascons,* et j'y renvoie d'avance mon bienveillant lecteur.

(**37**) Le mot *isnel* signifiait vif et gaillard, prompt et léger. Du Bartas *(Quatriesme jour de la Sepmaine)* dit aux poètes chrétiens :

> Et vous, divins esprits, ames doctement belles,
> A qui le ciel départ tant de plumes isnelles....

(**38**) Du Bartas, parlant de Xénophon *(Septiesme jour de la Sepmaine),* le désigne ainsi :

> .... Celuy que le proverbe antique
> Pour ses discours sucrez appela Muse attique.

(**39**) En 1562 parut à Paris, chez Vincent Sertenas (petit in-8°), le *Mesnayier de Xénophon, plus un discours de l'excellence du mesme autheur,* traduit du grec en françois, par F. de Ferris, médecin de Toulouse.

(**40**) La famille Du Franc était une des plus honorables familles de Condom. François Du Franc, lieutenant général au siége de Condom, était « fort homme de bien et bon serviteur du roy », dit Blaise de Monluc (p. 357 du t. II de l'édition des *Commentaires* donnée par M. de Ruble. Monluc ajoute (p. 358) que ce magistrat « exposa plusieurs fois sa vie dans la ville de Condom, les armes à la main, pour deffendre l'autorité du roy. Et, quoyqu'il soit, il est mort de poison ou d'autre chose pour cela. » Voir, à ce sujet, Scipion Du Pleix, petit-fils, par sa mère, de Fr. du Franc (*Histoire de France,* t. III, p. 531, etc.). Deux pièces de l'année 1566, revêtues de la signature de Fr. du Franc, ont été citées par M. de Ruble (note de la p. 357). D'après le volume 220 (f° 115 et 119) de la collection Dupuy (Bibliothèque Impériale), Fr. du Franc avait été député du tiers-état de la ville de Condom aux États d'Orléans (1560). Ce fut sans doute son fils qui, sous le nom de Jean du Franc, lui succéda dans sa charge. Nous trouvons ce Jean du Franc, avec le titre de « lientenant general en la Court de la seneschaussée de Guascoigne », en 1582 et 1583 (collection Dupuy, vol. 220, f⁰ˢ 111, 115, 127). Ce même personnage était encore « lieutenant général au siége présidial de Condom » en 1589 (Registre des Jurades déjà cité, séance du 28 mars 1589). Dans les *Poèmes de Pierre de Brach*, on lit (f⁰ 172) des vers : *A M* *Du Franc, lieutenant général au siége de Condom.*

(⁴¹) Le *Dictionnaire de Trévoux* cite sous ce mot les deux vers de Regnier :

> Ma douleur se *rengrège*, et mon cruel martyre
> S'augmente et devient pire.

(⁴²) Sur le cardinal Arnaud d'Aux, enseveli, à La Romieu, dans l'église collégiale fondée par lui, voir une notice spéciale à la suite du *Mémoire généalogique de la maison d'Auch de Lescout, dressé sur les actes originaux et titres existant au cabinet du Saint-Esprit* (in-4⁰, 1788). Voir encore : *Le cardinal Arnaud d'Auch*, par M. l'abbé Larroque (*Revue de Gascogne* de 1865 ; étude inachevée).

(⁴³) Théocrite.

(⁴⁴) Jean de Maumont érudit du Limousin oublié par Moréri, par Bayle, par l'auteur du *Manuel du Libraire*, mais dont il est parlé dans la *Bibliothèque françoise* de La Croix du Maine, et encore plus dans celle de du Verdier. Sur ce principal du collége de Saint-Michel à Paris, sur cet « homme très docte ès langues, et principalement en grec » ; sur ce traducteur de saint Justin et de Zonare, voir les *Epistolæ* de Jules-César Scaliger, son ami ; le *Gallia Orientalis* de Colomiez, le *Gallia Christiana*, où (t. VI, p. 571) est loué un discours composé en italien sur la vie du chancelier de Birague ; la *Bibliothèque françoise* de Goujet, où (t. XII, p. 12) sont mentionnés deux sonnets italiens en l'honneur de Hugues Salel, etc.

(⁴⁵) Je dois la note suivante à l'obligeance extrème de M. R. Dezeimeris, dont l'érudition et le goût m'ont rendu d'inappréciables services dans l'établissement de cette édition :

« Cette dame savante paraît avoir été l'épouse de Maumont. Jules-César Scaliger la considérait comme une des gloires de son sexe ; il lui a adressé deux curieuses épitres en latin mêlé de grec (*Epist.*, p. 218 et 220), ainsi que de nombreuses pièces de vers (*Poemata*, éd. 1621, p. 186, 187, 198, 199, 424, 439, 508, 619 et, avec la mention de Maumont, p. 200). — On voit dans les lettres de Scaliger

(p. 246, 247) qu'Imbert entra en relations, à Paris, vers 1557, avec Maumont et sans doute avec Marguerite Vitelle, par suite des recommandations de Scaliger. Maumont s'occupait alors de faire imprimer chez Vascosan le livre de Scaliger contre Cardan, et Imbert mit en tête de ce livre une pièce grecque à la louange de l'auteur. On la trouvera plus loin, à l'*Appendice* (n° II). »

(⁴⁶) Dans l'année même de la publication de ces sonnets, un compatriote de l'auteur, dont on s'étonne de ne pas trouver le nom dans ses vers, du Bartas, célébrait la vigne et le *doux jus de la vigne* *(Troisiesme jour de la Sepmaine).*

(⁴⁷) On aime cet humble aveu spirituellement formulé. N'oublions pas que nous sommes en Gascogne, ce qui double le mérite de la modeste déclaration.

(⁴⁸) Nom forgé pour un courrier (de πολυ, beaucoup, βαδίζω, aller).

(⁴⁹) Ronsard a dit (livre second des *Odes*) :

> J'ai l'esprit tout ennuyé
> D'avoir trop étudié
> Les phénomènes d'Arate :
> Il est temps que je m'ébatte.

(⁵⁰) On peut rapprocher cette liste des auteurs anciens lus et relus par Imbert de la liste plus courte que l'on trouve dans le second livre des *Sonnets* de Ronsard :

> Car, seul maître de moi, j'allais, plein de loisir,
> Où le pied me portait, conduit de mon désir,
> Ayant toujours ès mains, pour me servir de guide,
> Aristote ou Platon, ou le docte Euripide,
> Mes bons hôtes muets, qui ne fâchent jamais....

(⁵¹) Les *Cynégétiques* d'Oppien, poème que l'auteur offrit à l'empereur Antonin (Caracalla), fils de l'empereur Sévère.

(⁵²) Charles Utenhove, oublié par nos récents recueils biographiques, naquit à Gand en 1536, fit ses études à Paris, devint le précepteur des trois doctes filles de Jean Morel (Camille, Lucrèce et Diane), composa divers ouvrages énumérés dans le *Moréri* de 1759, et mourut à Cologne, en 1600. Voir, sur cet érudit, qui composa en six langues l'épitaphe de Henri II, La Croix du Maine, du Verdier, Ronsard, le président de Thou, les *Éloges des hommes savants* par Teissier, etc. Guillaume Colletet l'a considéré comme un compatriote,

car il lui a consacré une notice dans ses *Vies des poètes françois* (Manus-
crits de la Bibliothèque du Louvre). M. Feuillet de Conches a cité
(*Intermédiaire des Chercheurs et Curieux* du 25 avril 1869, col. 229)
ces vers, tirés des *Sonnets de Nicolas Ellain*, parisien, publiés en 1561
à Paris, et réimprimés en 1861 chez Poulet-Malassis :

> Or, viens, Grevin, viens à mon Saint-Marceau
> Avec Ronsard, Utenhove et Belleau,
> Pour nous venger d'une saison si dure.

(⁵³) André Dudith, surnommé Sbardellat, du nom de sa mère
(Madeleine Sbardella, noble vénitienne), né à Bude, en Hongrie, le
6 février 1533, mort le 23 février 1589, a un ample et excellent
article dans le *Moréri* de 1759. Voir encore sur ce personnage « illustre », comme dit de Thou, « par sa noblesse, par son esprit, par son
jugement, par son universel savoir, etc., » Teissier, le P. Niceron, etc.
Juste Lipse dédia à Dudith son commentaire sur Tacite. Paul Manuce
lui donna de grandes louanges dans plusieurs de ses lettres.

(⁵⁴) Labeyrie a célébré l'amitié d'Imbert et d'Utenhove (*Ad Car.
Utenovium juniorem*) :

> Optime Utenhovi, optime inter omnes
> Imberti egregios bonosque amicos...

(⁵⁵) « On a dit autrefois *guiterne* pour *guittare* ou *guittère*, » lit-on
dans le *Dictionnaire de Trévoux*, qui cite, à cette occasion, le satirique
Regnier. M. Littré retrouve la forme *guiterne* dans le *Roman de la Rose*,
dans la *Farce de Patelin*, dans La Boétie. *Guiterne* est encore dans du
Bartas (*Premier jour de la seconde Sepmaine*) :

> Car comme une *guiterne* et vieille et mal montée,
> D'une sçavante main dextrement pincetée,
> Nous rend un son plus doux qu'un parfait instrument.

Ronsard (*les Églogues*) adopte la même variante qu'Imbert :

> Comme Amphion tira de gros quartiers de pierre,
> Pour emmurer sa ville au son de sa *guitterre*.

(⁵⁶) La *crosse* était réservée aux grands dignitaires ecclésiastiques,
tels qu'évêques ou abbés, et l'*aumusse* étant portée par les chanoines
et les chantres, on saisit toute la différence qui existe, dans la méta-
phore du poète, entre une guitare *crossée* et une guitare *aumussée*.
Ronsard (livre quatrième des *Odes*) a dit :

> Il fasse ma lyre *crossée*.

(⁵⁷) Si, comme il le semble bien, Imbert fait allusion à lui-même en cet endroit, c'est évidemment le poète-chanoine qui se console ainsi de n'être pas le poète-évêque ou le poète-abbé.

(⁵⁸) Ce du Franc est-il le Maurice du Franc regretté d'une façon si vive et si touchante dans le sonnet XX? Du Drot m'est parfaitement inconnu.

(⁵⁹) On trouve rarement cette singulière forme du mot *luth*, forme que repousse l'étymologie du mot, si bien indiquée par Joseph Scaliger (de l'arabe *al aud*). Pourtant on lit dans les *Sermons de J. de Monluc sur certains points de la religion* (Paris, Vascosan, 1559, p. 339) ce passage traduit d'Ésaïe, 5 : « La harpe, le luc, le tabourin et la fleute, et le vin sont en leurs convives. » La forme *luc* était-elle un gasconisme?

(⁶⁰) C'est-à-dire de quitter les bagatelles, de n'être plus enfant. Perse a dit (satire I) : *Et nucibus facimus quæcumque relictis.* Si je voulais moi aussi m'amuser aux bagatelles, et ici *spargere nuces*, je rappellerais, à l'aide de ces commodes dictionnaires où l'on trouve de l'érudition toute faite, que l'empereur Auguste, pour se délasser des fatigues du pouvoir absolu, jouait aux noix avec des enfants, comme l'atteste Suétone; mais que pourtant un commentateur, *Alexander ab Alexandro*, a gravement soutenu que ces prétendues noix étaient... des noyaux de pêche! Puisse le lecteur me tenir compte de ma discrétion !

(⁶¹) Saige ou Sage, dit M. Léonce Couture (note de la page 306 du t. IV de la *Revue d'Aquitaine*), appartenait à une ancienne famille, continuée aujourd'hui par M^me du Sage, à Condom, et par M. de Saige, à Bazas. C'était, comme on le voit par le quatrième vers, un magistrat condomois. Le registre des jurades de 1589 nous montre, parmi les jurats, un Guillaume le Saige, sieur de Labastre, et les registres des jurades de 1595 et de 1600 nous montrent, parmi les consuls, un Nicolas le Saige, sieur de Corne.

(⁶²) *Quintus Horatius Flaccus, ex fide, atque auctoritate decem librorum manuscriptorum, opera Dionysii Lambini emendatus, ab eodem que commentariis copiosissimis illustratus, nunc primum in lucem editus* (*Lugduni, Joan. Tornesius*, 1561, 1 vol. in-4°). Teissier (*Éloges des Savans*, t. II, p. 420) dit du commentaire de Lambin sur Horace, « qu'il est estimé de tous les gens de lettres, et surtout de l'illustre Joseph Scaliger. » Voir un grand éloge de Lambin dans le *Menagiana.*

Ronsard l'a honorablement mentionné (seconde partie du *Bocage royal*) :

> Lambin, Dorat, Turneb, lumières de notre âge.

(63) Joseph *della Scala* ou de *Lescale (Scaliger)* naquit à Agen, le 4 août 1540. Imbert, de dix ans plus âgé que lui, pouvait d'autant mieux lui adresser les exhortations qui vont suivre, que le grand érudit ne publia qu'assez tard ses plus admirables travaux.

(64) Jules-César était mort le 21 octobre 1558, à Agen, où il était venu s'établir en 1524.

(65) Andiette de la Roque, d'une bonne famille agenaise. Jules-César Scaliger était âgé de quarante-cinq ans quand il épousa, le 13 avril 1529, la fille d'Alain de la Roque, à peine âgée de seize ans.

(66) *Heroum filii noxæ*, c'est-à-dire : les pères illustres ont d'indignes fils. Voir, sur cette phrase, les explications d'Érasme (*Adagiorum chiliades*, I, vi, 32), et une excellente note de M. Gustave Servois (t. II du *La Bruyère* des *Grands écrivains de la France*, p. 122).

(67)
> Et l'aigle, transgressant de nature la reigle,
> Produiroit la colombe, et la colombe l'aigle.
> > (Du Bartas, *le Second jour de la Sepmaine*.)

(68)
> La chaste *tourterelle* et le lascif moineau.
> > (Idem, *Cinquiesme jour de la Sepmaine*.)
>
> Hélas ! pouvez vous voir sans quelque synderèze
> La *tourtre* qui perdant son mari perd son aise.
> > (Idem, *le Septiesme jour de la Sepmaine.*)

Ronsard (second livre des *Amours*) s'est servi du mot *tourterelle :*

> Que dis tu, que fais tu, pensive *tourterelle?*

Mais ailleurs (livre IV des *Odes*), il a parlé comme Imbert :

> *Tourtres*, et vous oiseaux sauvages,
> Qui de cent sortes de ramages
> Animez les bois verdelets.

(69)
> La friande perdris, la *palombe* grisarde.
> > (Du Bartas, *Cinquiesme jour de la Sepmaine.*)

(70) Remy Belleau, né à Nogent-le-Rotrou en 1528, mort à Paris le 6 mars 1577. M. A. Gouverneur, qui a donné, en 1867, dans la Bibliothèque Elzevirienne, une bonne édition des *Œuvres complètes de Remy Belleau* (3 vol.), n'a pas cité l'éloge fait par Imbert de celui que Ronsard appelait « le peintre de la nature ». Un autre poète gascon,

Jean de la Jessée, a composé des vers latins en l'honneur de Belleau (*In poemata Rem. Bellœi*, p. 17 du t. III de l'édition de M. Gouverneur : *Ad P. Ronsardum*, p. 374 du même tome). — Imbert devait bien un sonnet au commentateur des *Amours* de Ronsard qui, comme on l'a vu dans la préface, l'avait proclamé si habile « en la langue grecque et latine ».

(71) Les deux quatrains de ce sonnet sont relativement assez bons, et ils nous offrent surtout un beau vers, le septième ; mais ses deux tercets sont aussi plats que possible, et on a le droit d'appliquer à ce sonnet sur Horace, qui commence si bien et qui finit si mal, la fameuse citation de l'*Art poétique : Desinit in piscem....*

(72) On chercherait vainement le nom de Vicomercat dans la plupart de nos recueils biographiques. Né à Milan, il étudia à Bologne, à Pavie, à Padoue, à Paris ; fut professeur de Philosophie en l'Université de cette dernière ville (au moins jusqu'en 1561), puis en l'Université de Turin, et mourut en 1570, avec le titre de conseiller du duc Charles-Emmanuel, ayant été aussi médecin de Marguerite de Savoie. Argelati (*Biblioth. scriptor. mediol.*, vol. II, part. I, p. 1631) donne le catalogue complet de ses ouvrages. Voir encore, sur cet érudit, Brucker (*Hist. Phil.*, t. IV, p. 229), Du Boulay (*Hist. Univ. Par.*, t. VI, p. 934), Tiraboschi (*Storia della lett. ital.*, t. VII, p. 1, liv. II, chap. VIII), etc. On retrouvera le nom de Vicomercat dans le sonnet XXXVIII. — Dudith Sbardellat, dont il a été parlé dans le sonnet XXVI. et dont il sera encore parlé dans le sonnet XLIII, avait étudié la philosophie à Paris sous Vicomercat, et il révisa les commentaires latins de son professeur sur les *Meteorologica* d'Aristote (Venise, in-fº, 1565 ; Paris, in-fº, 1566).

(73) L'auteur se désigne ici lui-même : il est Scythe et vit parmi les Scythes ; mais il a vu, non sans fruit, la brillante Athènes.

(74) Est-ce un souvenir de l'admirable invocation de Lucrèce à Vénus (*De rerum natura*, lib. I)? — De ce quatrain, on peut rapprocher encore l'inscription de Voltaire pour une statue de l'Amour :

> Qui que tu sois, voici ton maître :
> Il l'est, le fut ou le doit être.

(75) Je ne trouve rien sur ce personnage.

(76) Ce vers serait une heureuse épigraphe pour un discours tel

que celui de Rivarol, ou pour un livre tel que celui de M. Allou, sur l'universalité de la langue française.

(⁷⁷) Imbert se montre ici bien dur et bien injuste à l'égard de ses compatriotes; mais que sont ses mélancoliques tirades comparées aux furieuses invectives lancées contre la Gascogne, un peu plus tard, par un poète né sur les bords de la Garonne, Guillaume du Sable, auteur de la *Muse chasseresse?* Voir *Vies des poètes agenais (Antoine de la Pujade, — Guillaume du Sable),* par Guillaume Colletet, publiées en 1868, p. 31, 44.

(⁷⁸) Ce sonnet, dicté par une admiration bien naturelle chez un humaniste de la Renaissance, rappelle le plus noble éloge que l'on ait jamais entendu de l'art typographique; je veux parler de l'éloge qui en fut fait au concile de Latran, sous Jules II.

(⁷⁹) C'est-à-dire le monde. On sait que l'expression est empruntée à la philosophie stoïcienne.

(⁸⁰) Mondovi, en Piémont, ville qui possédait une université célèbre.

(⁸¹) Marguerite de France, duchesse de Savoie, née le 5 juin 1523 à Saint-Germain-en-Laye, morte à Turin le 14 septembre 1574. Digne fille de François Iᵉʳ, le *Père des lettres,* Marguerite protégea toute sa vie les poètes et les savants. Elle en a été récompensée par les enthousiastes éloges de Dorat, de Ronsard, de Du Bellay, de Jodelle, de Belleau, etc. Je ne citerai que ces vers du plus inspiré de tous ces poètes (*Le Tombeau de Marguerite de France et de François Iᵉʳ*) :

> .... La belle Marguerite,
> En qui tout le ciel mit sa plus divine part,
> Tant de fois rechantée aux œuvres de Ronsard,
> Qui fut en son vivant si précieuse chose
> . . . . . . . . . . . . . . . . . . . . . . . . . . . . . .
> Daise sa tombe sainte, et sans soupirs ne passe
> Des neuf Muses la Muse, et des Grâces la Grâce.

(⁸²) Quel autre qu'un chanoine aurait pu s'exprimer ainsi? *Habemus confitentem... canonicum.*

(⁸³) Imbert avait trouvé cette comparaison dans les Psaumes : *Dies mei sicut umbra declinaverunt* (CI, 12).

(⁸⁴) Commentaire de ce passage de la première Épitre de saint Jean (II, 1, 2) : « Nous avons en Jésus-Christ un avocat auprès de son père, et il est une victime expiatoire pour nos péchés. »

(⁸⁵) Le saint Pierre auquel a été adressé le XXIIᵉ sonnet.

(⁸⁶) Voir, pour les sept dormants, les divers hagiographes, notamment Grégoire de Tours (*De gloria Mart.*, lib. I, cap. xcv); Jacques de Voragine (*Légende dorée*, traduction de M. G. Brunet, 1843, t. I, p. 184-187), et les Bollandistes (au 27 juillet). Conférez Spon (*Voyage d'Italie et du Levant*, t. I, p. 327).

(⁸⁷) La comparaison n'est pas heureuse. Tertullien ayant été condamné par l'Église comme hérétique, comme *montaniste*, et étant mort dans l'impénitence finale. Voir Tillemont, *Mémoires pour servir à l'histoire ecclésiastique*, t. III, p. 232.

(⁸⁸)
     ..... Digito monstrari et dicier : hic est
        (Juvénal, *Satir.* I, v. 25.)

(⁸⁹) Ce dernier vers me paraît un des meilleurs d'Imbert.

(⁹⁰) Sur ces *fous de cour*, voir le livre de Dreux du Radier : *Récréations historiques, critiques, morales et d'érudition, avec l'histoire des fous en titre d'office* (La Haye, 1768, 2 vol. in-12). Sur *Brusquet* en particulier, voir les piquantes anecdotes recueillies par Brantôme (*Grands capitaines estrangers. — Le mareschal d'Estrozze*).

(⁹¹) *Naquet* ou Nacquet, vieux mot qui, d'après le *Dictionnaire de Trévoux*, se disait autrefois d'un valet, d'un laquais, et aussi d'un petit garçon. M. Littré définit ainsi ce mot : « Proprement garçon de jeu de paume, et, par suite, homme de peu d'importance, » et il cite cette phrase de Ronsard : « Les autres poetes latins ne sont que *naquets* de ce brave Virgile. »

(⁹²) Le hasard a mis entre les vers d'Imbert et la prose de Juste Lipse (*Cent.* I, *Epist.* XCII) une singulière ressemblance : « *Ego te novi, Dudithi, et quamquam inter nos multæ terræ, multi montes*, etc. »

(⁹³) Tout le monde connaît l'histoire de Damon et Pythias, racontée par Diodore de Sicile, par Jamblique, par Cicéron, par Valère Maxime, propagée surtout par le livre intitulé : *la Morale en action*, et qui n'est, au demeurant, qu'une touchante légende.

(⁹⁴) Dans le livre déjà cité *(Io. Pauli Laberii Sylva)*, une pièce *(Ad G. Mar. Imbertum jocus)* débute ainsi :

    Perfidissime Condomi nepotum,
    Cur inanibus imbibit sodalem
    Promissis? Puero meo paratum
    Te cœnare sub arce Turrianà
    Dixisti fore proximis diebus.

(⁹⁵) Ce touchant témoignage de reconnaissance pour Dorat doit être joint à tous ceux qui ont été recueillis par Colletet dans la biographie de celui que Binet *(Vie de Ronsard)* a proclamé « *le père de tous nos poëtes* ».

(⁹⁶)                          ..... Vos exemplaria græca
                          Nocturna versate manu.
                          (Hor., *Art poét.*, v. 268-9.)

(⁹⁷) P. 6 de la *préface* de la présente édition.

(⁹⁸) *Iliade*, chant XI, v. 671-675. Homère nomme trois fois Nirée en trois vers, et le désigne comme le plus beau des Grecs :

$$\text{κάλλιστος ανήρ... τών άλλων Δαναών.}$$

(⁹⁹) Enclos, enceinte, habitation.

(¹⁰⁰) Du Bartas a dit : *les bandes escaillées (le Premier jour de la Sepmaine); les troupeaux escaillés (le Second jour); les peuples escaillez (le Cinquiesme jour)*, etc. Ailleurs, le même poète n'a pas craint d'appeler les poissons, tantôt *bourgeois de la plaine liquide (le Quatriesme jour)*, tantôt *bourgeois de Thétis (le Cinquiesme jour)*. Ronsard *(second livre des Sonnets)* a dit :
                    Troubler des *escaillés* la demeure secrète.

(¹⁰¹) Charles IX monta sur le trône en 1560, étant seulement âgé de dix ans.

(¹⁰²) La famille Du Duc était une famille parlementaire de Bordeaux. Le conseiller Jacques Du Duc fut, sous Louis XIII, un des membres les plus considérables du parlement de Bordeaux. Voir les *Archives historiques du département de la Gironde, passim*, mais surtout t. II.

(¹⁰³) Stérile. — Du Bartas *(le Troisiesme jour de la Sepmaine)*, décrivant les bienfaits des eaux des Pyrénées, nous montre notamment « la femme brehaigne » y trouvant sa prompte guérison.

(¹⁰⁴) A-t-on jamais vu plus pâle tableau du bonheur conjugal? Et n'y a-t-il pas là de quoi dégoûter du mariage tous les célibataires?

(¹⁰⁵) L'abbé Monlezun a remarqué avec une pieuse indignation (p. 98 du t. IV de son *Histoire de la Gascogne*) que les bâtards pullulaient dans cette province au Moyen-Age, et que l'on ne connaît pas de famille seigneuriale au xiv⁰ siècle où l'on n'en trouve un ou même plusieurs.

(¹⁰⁶) *Erato* était la muse de la poésie érotique.

> Nunc, Erato, nam tu nomen amoris habes.
> (OVIDE.)

(¹⁰⁷) Nom d'emprunt, nom de guerre de la mère de Cyprien et d'Émile.

(¹⁰⁸) S'agit-il là de la *Délie* de Tibulle, ou bien de la *Délie* de Maurice Scève?

(¹⁰⁹) Sur les femmes aimées par Ronsard *(Cassandre)*, par Du Bellay *(Olive)*, par Baïf *(Francine)*, voir, dans le *Bulletin du Bouquiniste* du 15 juin 1868, de charmantes pages de M. Prosper Blanchemain, intitulées : *Recherches sur les noms véritables des dames chantées par les poëtes français du XVIᵉ siècle.* — M. Blanchemain ne s'est pas occupé de la *Meline* de Baïf.

(¹¹⁰) Jacques Tahureau, né au Mans en 1527, auteur de : *Poésies, sonnets, odes et mignardises amoureuses de l'Admirée* (Poitiers, 1554, in-8º). — M. Blanchemain vient d'en donner une édition très soignée pour l'Académie des Bibliophiles (in-32, 1870).

(¹¹¹) *Otalgie* ne signifie autre chose que douleur nerveuse de l'oreille, et je ne vois pas trop ce que vient faire là ce terme de médecine, à moins de supposer qu'à force de toujours entendre le même son (amour), le nerf auditif ne finisse par être trop agacé, par devenir douloureux.

(¹¹²) Tout ce sonnet, on l'a sans doute remarqué déjà, est en rimes féminines, tandis que partout ailleurs Imbert a observé la loi de l'entrelacement des rimes. J'aime à croire que ce sonnet appartient à la jeunesse de l'auteur, qui n'aura pas probablement, pendant sa vie canoniale, courtisé Ligurine, et qui, en parlant d'elle au Seigneur, aura pu dire : *Delicta juventutis meæ ne memineris.* (Ps. XXIV, v. 7.)

(¹¹³) « Peuplier, qu'on appelle aussi *peuple,* » dit le *Dictionnaire de Trévoux.* Ni ce dictionnaire, ni celui de M. Littré, n'indiquent la forme *peuble.* M. Littré a retrouvé *poplier* dans le *Roman de la Rose, pouplier* dans une harangue de Gerson, etc. — Du Bartas *(le Troisiesme jour de la Sepmaine)* a mis en regard du « saule pallissant », le « *peuplier* trémoussant ».

(¹¹⁴) De ce *Noël,* il faut rapprocher de beaux vers latins de Guez de

Balzac, *Christus nacens*, p. 31 des *Carmina et Epistolæ* réunis à la fin du second volume (in-f°) des *OEuvres complètes* (1665).

(<sup>115</sup>) *Septentriones*, les sept étoiles de la grande Ourse, ce que l'auteur des *Contemplations* appelle

Les sept lettres de feu du nom de Jéhovah.

(<sup>116</sup>) Clio, la muse de l'histoire.

(<sup>117</sup>) La pléiade formée, du temps de Ptolémée Philadelphe, par Théocrite, Aratus, Apollonius de Rhodes, Callimaque, Lycophron, etc.

(<sup>118</sup>) Jean du Chemin, qui fut évêque de Condom de 1581 à 1596. Avant d'être évêque, Jean du Chemin avait, comme poète, obtenu une certaine célébrité. On a de lui, outre une épitaphe en prose latine de Blaise de Monluc, un sonnet sur le tombeau de Monsieur le Commandeur de Monluc (dans le *Tombeau de Monluc*, à la suite des *Commentaires*). On a un autre sonnet de lui en tête des *Poëmes de Pierre de Brach*. De Brach, de son côté, lui adressa d'aimables vers (f° 214, verso). J.-P. de Labeyrie, lui donnant le surnom de *flosculus*, le rapproche d'Imbert dans ces vers :

> Imbertum addo tibi unicum sodalem
> Imbertum addo meum, ut tuum, sodalem.

(<sup>119</sup>) *Les OEuvres et Meslanges poétiques d'Estienne Jodelle, sieur du Lymodin,* parurent à Paris, 1574, in-4°. Ou bien Imbert s'est trompé en parlant des sept moissons, ou bien il faut admettre une édition antérieure à celle de 1574.

(<sup>120</sup>) Marc-Claude de Buttet a été oublié dans nos recueils biographiques; mais cet ami de Ronsard, ce poète favori de Marguerite de France, est bien connu des amis du xvi<sup>e</sup> siècle. Le volume que réclamait Imbert est-il celui qui parut en 1561, et qui contenait des poésies diverses de Buttet et son *Amalthée* (Paris, Mich. Fezandat, in-8°)? — On peut voir, sur Buttet, Guillaume Colletet, l'abbé Goujet, Viollet-le-Duc, et un récent petit livre de M. Victor de Saint-Genis (*Étude historique sur la Savoie. Les femmes d'autrefois. Jacqueline de Montbel.* 1869). Le commentateur du 1<sup>er</sup> livre des *Amours*, le savant Muret, présentait en ces termes Buttet aux lecteurs de Ronsard : « Lequel, outre la parfaite connaissance qu'il a de la poésie (de laquelle il a le premier illustré son pays), est merveilleusement bien versé aux sciences de philosophie, et pour ce le surnom de docte luy est icy attribué par nostre autheur. »

(¹²¹) Ce Du Bois devait être Siméon Du Bois *(Bosius)*, natif de Limoges, et qu'Imbert avait connu chez Dorat, leur commun professeur. Du Bois et Imbert avaient à peu près le même âge, car le premier avait atteint sa quarante-cinquième année environ quand il mourut (vers 1580). Voir, sur Du Bois, qui publia une bonne édition des *Lettres* de Cicéron à Atticus (Limoges, 1580, in-8°; Anvers, 1585, in-8°), et qui peut-être traduisit en français le commentaire de Marcile Ficin sur le *Banquet* de Platon (Poitiers, 1556, in-8°), la *Bibliothèque* de Du Verdier, les *Éloges* de Sainte-Marthe, etc.

(¹²²) Élie Vinet avait plus de vingt ans qu'Imbert, étant né en 1509. Imbert et Du Chemin, qui paraissent avoir eu beaucoup de relations avec Bordeaux, se lièrent, sans doute, dans cette ville, avec l'érudit qui si longtemps y demeura, d'abord comme professeur (1539-1558, en négligeant les absences de 1542 et de 1547), puis comme principal du collège de Guienne (1558-1583), et qui n'y mourut que le 14 mai 1587. On attend un travail définitif sur le maître de Michel de Montaigne, et il faut que ce soit M. Dezeimeris qui nous le donne.

(¹²³) Il s'agit là de Louis de Balzac, né à Rhodez, et disciple de Dorat, dont on imprima, en 1578, année de sa mort, un volume de vers latins et français devenu très rare, et pourtant oublié par le *Manuel du Libraire*. Voir diverses petites pièces *Balsaci Ludovici Rhutenensis* dans les *Delitiæ poetarum gallorum, pars prima* (p. 386-390). Guillaume Colletet n'a pas négligé Louis de Balzac dans ses *Vies des poètes françois*.

(¹²⁴) On connaît trois communes du nom de Donzac : une dans le département de la Gironde (canton de Cadillac), une dans le département des Landes (canton d'Amou), une dans le département de Tarn-et-Garonne (canton d'Auvillars). C'est probablement cette dernière localité qui est indiquée dans ce sonnet, et dont il est aussi question dans les *Commentaires* de Monluc (p. 413 du t. II de l'édition de M. de Ruble).

(¹²⁵) Imbert eut des amis illustres et des amis obscurs. Alsat est tellement de ces derniers, que son nom ne nous a probablement été conservé que par ce sonnet.

(¹²⁶) *Senestre*, contraire, du latin *sinister*.

> Quand la fortune à mes desirs *senestre*.
> (Ronsard, le quatrième livre de la *Franciade*.)

(<sup>127</sup>) Cruel congé qui fait penser aux pages touchantes de M. Michelet sur le passage transalpin du rossignol (*L'Oiseau*, p. 202-206). A côté des vers si prosaïques d'Imbert, je suis heureux de citer les pages si poétiques de M. Michelet.

(<sup>128</sup>)

..... Dulces ante omnia musæ
Quarum sacra fero ingenti percussus amore.
(Virg., *Géorg.*, II, 475.)

(<sup>129</sup>) Le cygne ayant une voix très rauque et très désagréable, la comparaison d'Imbert est, en réalité, surtout en ce qui le regarde, d'une justesse parfaite. Avouons toutefois que la fin de ce sonnet est d'un beau mouvement.

(<sup>130</sup>) J'ai eu l'occasion de citer quelques vers de ce sonnet dans mes *Notes et documents inédits pour servir à la biographie de Jean de Monluc, évêque de Valence* (1868, in-8º, p. 43), à côté du sonnet composé par Ronsard à la louange du même prélat. Des vers d'Imbert, je rapprocherai ces vers de son ami Labeyrie (*Ad illustrissimum virum Io. Monlucium, episcopum et comitem Valentinorum*) :

Præsul vetusta prolis origine
Monluciorum, præsidio simul
Virtutis antiquæ fideli
Muneribus decorande cunctis
Plenis honorum : quem sibi Carolus
Rex sanctiori concilio addidit,
Clausitque Janum cujus almis
Auspiciis operaque fretus.

On trouvera d'autres vers latins en l'honneur de Jean de Monluc (*Joanni Monlucio legato regis apud Polanos*), à la p. 900 des *Delitiæ poetarum gallorum, pars prima*. Ces vers sont d'Étienne Forcatel (*Forcatuli Stephani*), dont nous allons rencontrer le nom en un prochain sonnet.

(<sup>131</sup>)        Si bien que quelquefois le mutin populace.
(Du Bartas, *le Second jour de la Sepmaine*.)

Le genre du mot *populace* devrait être régulièrement le masculin. En italien on dit *popolaccio*.

(<sup>132</sup>) Dans cet épithalame de Fresquet, Imbert a cherché l'esprit et la grâce, sinon la décence ; mais jamais, hélas ! son mauvais goût n'a été plus ridicule.

(<sup>133</sup>) Doux, suave.

(**134**) Comparez, avec les idées développées ici et dans plusieurs des sonnets suivants, l'*Hymne de la Paix,* par Du Bartas :

> Sainte fille du ciel, déesse qui rameines
> L'antique siècle d'or, qui belle rassereines
> L'air troublé des Français, qui fais rire nos champs,
> Unique espoir des bons, juste effroi des meschans, etc.,

et aussi l'ode de Ronsard au roi Henri II, sur la Paix (premier livre des *Odes*).

(**135**) Ἐνυώ, la déesse de la guerre, la sœur du dieu Mars, la *Bellona* des Latins. Du Bartas a dit *(Quatriesme jour de la Sepmaine)*: *Là sanglante Enyon,* et *(Premier jour de la seconde Sepmaine)* :

> Que si tant, ô Français ! vous cherchez les batailles,
> Si la triste Enyon boult tant dans vos entrailles....

Ronsard (*les Iles fortunées,* dans le second livre des *Poèmes*) s'exprime ainsi :

> Puisqu'Enyon, d'une effroyable trope,
> Pieds contre mont bouleverse l'Europe....

(**136**) Le Du Chemin dont il a été déjà parlé dans le sonnet LIV.

(**137**) Inspiration.

(**138**) *Oisives.* M. Littré cite Malherbe au sujet du mot *ocieux,* que regrettait Marmontel. Le docte philologue aurait pu citer encore Ronsard (le premier livre de la *Franciade*), Du Bartas *(Second jour, Troisiesme jour de la Sepmaine),* etc.

(**139**) *Iliade,* chant VI. Le troc de Glaucus fut le troc « de l'or pour de l'airain, du prix d'une hécatombe pour celui de neuf bœufs ».

(**140**) Jacques de Lorges, père du comte Gabriel de Mongonméry, avait acheté de François d'Orléans, marquis de Rothelin, le comté de Mongonméry, situé en Normandie.

(**141**) Sur Mongonméry à Navarreins, à Condom, et aux environs de ces villes, voir l'*Histoire de la Gascogne* de l'abbé Monlezun, où (t. V, p. 325-381) ont été assez exactement recueillis les divers renseignements fournis par Blaise de Monluc, par de Thou, par d'Aubigné, par Favin, par Olhagaray, et par Poeydavant.

(**142**) En plaçant ici ce sonnet, je me suis conformé à cette indication de l'*Advertissement aux lecteurs :* « Vous serez aussi advertis que l'ordre desdicts sonets est interrompu ; car le sonet C devoit estre le LXV, lequel avec les XVIII suivans sont pris de l'*Archiloch exilant* de cest aucteur. »

(¹⁴³) On trouvera de très curieux détails sur le tournoi du 30 juin 1559 dans une lettre trop peu connue de l'évêque de Troyes, Antoine Caraccioli, prince de Melfe, écrite le 14 juillet suivant à l'évêque de Bitonte, et qui se trouve dans les *Epistres des princes*, recueillies d'italien par Hieronyme Ruscelli, et mises en françois par F. de Belleforest, commingeois (Paris, Jean Ruelle, 1572, in-4°, f° 185).

(¹⁴⁴) Souvenir du *sic vos non vobis mellificatis, apes*, de Virgile.

(¹⁴⁵)
> Ne presche pas en France une doctrine armée,
> Un Christ empistolé, tout noirci de fumée,
> Qui, comme un Méhémet, va portant en la main
> Un large coutelas, rouge de sang humain,
> Etc.
>
> (Ronsard, *Discours des misères de ce temps. —*
> A Catherine de Médicis.)

(¹⁴⁶) Antoine de Lomagne, vicomte de Terride, sur lequel on peut voir l'*Histoire de la Gascogne* déjà citée, t. V, p. 327 et suivantes.

(¹⁴⁷)
> Tel, comme dit Merlin, cuide engeigner autrui,
> Qui souvent s'engèigne soi-même.
>
> (La Fontaine, liv. IV, fable 11.)

(¹⁴⁸) Imbert pensait, sans doute, à ce beau vers d'Ennius, cité par Cicéron (*De Off.*, lib. I, cap. xxiv) :

> Unus homo nobis cunctando restituit rem.

(¹⁴⁹) Blaise de Monluc a non moins sévèrement jugé la conduite de Terride (*Commentaires*, t. III, p. 266, 277, surtout 284 et 285).

(¹⁵⁰) Monluc a parfaitement caractérisé la foudroyante campagne de Mongonmery (*Ibidem*, p. 285) : « En trois jours conquerir tout un païs, cela semble estre ung songe. Il fault confesser que, de toutes noz guerres, il ne s'est faict ung plus beau trait de guerre que cestuy-cy. Cappitaines, mes compaignons, qui a acquis ceste belle gloire au comte de Mongonmery? Certes la diligence dont il usa.... C'est une des meilleures pieces de la guerre. » Aux États de Blois (1577), le maréchal de Biron, dont le discours est rapporté dans les *Mémoires du duc de Nevers*, avait déjà dit : « La promptitude et la diligence est ce qui emporte la victoire et fait réussir les entreprises. »

(¹⁵¹) Cette comparaison est déjà dans l'*Ecclésiastique : Sicut luna mutatur* (XXVII, 12).

(¹⁵²) Ce dernier vers est beau. Imbert ici s'est inspiré de ce passage

de la X<sup>e</sup> satire de Juvénal, où la vertu est également opposée à la
fortune :

..... Semita certe<br>
Tranquillæ per virtutem patet unica vitæ.

(**153**) C'est une citation de l'*Évangile* : « L'arbre qui produit de
mauvais fruits n'est pas bon. » (Saint Matthieu, chap. VII, v. 17, 18.)

(**154**) Supérieur, céleste.

(**155**) Le duc d'Anjou, le futur Henri III, le vainqueur de Jarnac et
de Moncontour.

(**156**) Viriathe *(Viriathus)*, chef lusitanien, trahi et assassiné en 140
avant J.-C. Les Romains en ont fait un capitaine de brigands, et l'on
voit qu'Imbert partageait, sur le compte de ce héros, l'opinion de
Tite-Live, de Florus et des autres historiens.

(**157**) Imbert aurait-il voulu désigner ici Simon Bar-Gioras, défenseur
de Jérusalem contre Titus, et que le *Dictionnaire de Moréri*, citant
Josèphe et Xiphilin, appelle « brave capitaine, mais séditieux et
scélérat » ?

(**158**) Le poète s'adresse ici à ses deux enfants naturels Cyprien et
Émile.

(**159**) Valets, métayers.

(**160**) Souvenir de ce vers d'Hésiode (*Op. et D.*, v. 825) :

Ἄλλοτε μητρυιὴ πέλει ἡμέρη, ἄλλοτε μήτηρ.

(**161**) Edmond Auger ou Augier, né à Alleman (diocèse de Troyes),
mort en Italie, à soixante-un ans, le 19 janvier 1591. Ce fut un des
plus célèbres prédicateurs de la Compagnie de Jésus. On assure qu'il
convertit plus de 40,000 hérétiques. Voir sa vie, par le P. Dorigny
(1716). J'ai donné beaucoup d'indications sur ce religieux dans une
note de mon *Essai sur la vie et les ouvrages de Florimond de Raymond*
(1867, in-8º, p. 118, 119.) Je compléterai cette note en citant un
passage du *Journal* de P. de l'Estoile (à l'année 1572), un article de
la *Revue des questions historiques* du 1<sup>er</sup> avril 1867 : *Marie Stuart et le
Père Edmond Augier*, par M. L. Wiesener ; enfin, des vers dans le
recueil de J.-P. de Labeyrie : *Ad Augerium piissimum ex Societate
Jesu virum*. Imbert et Labeyrie avaient dû connaître l'ardent jésuite
à Bordeaux, ville où il passa plusieurs années.

(**162**) ... . *Sapiens dominabitur astris*.

(163) Étienne Forcatel, né à Béziers en 1534, mort en 1573, professeur de droit à l'Université de Toulouse, et auteur de nombreux ouvrages de jurisprudence, d'histoire et de poésie. Voir Taisand, sur le jurisconsulte; le P. Lelong et Fevret de Fontette, sur l'historien; Baillet, Goujet, Viollet-le-Duc, et surtout G. Colletet (notice inédite), sur le poète. On devrait bien réimprimer les *OEuvres poétiques* de Forcatel, d'après l'édition de Paris (1579, in-8°), en les faisant précéder de la notice de Colletet, une des meilleures de tout le recueil.

(164) Gracieux tercet qui mériterait d'être plus connu. C'est une heureuse imitation du distique d'Ovide :

> Nescio qua natale solum dulcedine cunctos
> Ducit et immemores non sinit esse sui.

(165) M. de Lamartine *(Lettre à Alphonse Karr, jardinier,* qui a paru dans le *Cours familier de Littérature* de 1858 : *Préambule. A mes lecteurs),* s'est exprimé ainsi (p. 22) :

> Le long rateau qui peigne et qui grossit en gerbes,
> Quand la faux a passé, les verts cheveux des herbes.

Du Bartas a dit *(le Premier jour de la Sepmaine) :*

> Celuy qui d'une faux mainte fois esmouluë
> Tond l'honneur bigarré de la plaine velue,

et *(le Quatriesme jour) :*

> Le faucheur, pantelant et de chaud et de peine,
> Tond d'un fer recourbé les cheveux de la plaine.

A son tour, de Brach a dit aussi :

> De retondre d'un pré les cheveux verdissants.

Voir, à ce sujet, une note de M. Dezeimeris, dans son édition des *OEuvres* de ce poète (t. II, p. 187 ).

(166) Bacchus.

(167) Fin, rusé *(cautus),* d'où *cautèle, cauteleusement.*

(168) *Escarbouiller* ou *écarbouiller,* écraser, d'*excarbunculare,* réduire en charbon. Le mot a été employé par Rabelais et par Brantome; il l'a été aussi par Ronsard (le second livre des *Hymnes* ) :

> Te vienne en moins d'un jour *escarbouiller* la tête.

Voir, sur l'emploi de ce mot par Ronsard, le *Tableau de la Poésie française au XVI<sup>e</sup> siècle,* par M. Sainte-Beuve, p. 69.

(169) Voir, dans mes *Vies des Poètes gascons,* une note au sujet de cette légende (p. 121).

(<sup>170</sup>) L'*Ibis* était un poème composé par Callimaque contre son ingrat disciple Apollonius de Rhodes. Voir, du savant doyen de la Faculté des Lettres de Bordeaux, M. Dabas, l'étude intitulée : *Callimaque, ou les poètes du Musée d'Alexandrie* (Bordeaux, 1859, in-8°).

(<sup>171</sup>) De *sagitta*, flèche, d'où *sagittaire. Sagette* est dans Clément Marot, dans Ronsard, dans du Bartas, etc.

(<sup>172</sup>) Oui, trop larmoyant. Ce n'était pas ainsi que se montrait le premier et terrible Archiloque, celui qui se servait de l'iambe comme d'un poignard empoisonné :

> Archilochum proprio rabies armavit iambo.

(<sup>173</sup>) Charles IX arriva devant Saint-Jean-d'Angely le 16 octobre 1569. Davila (*Histoire des guerres civiles de France*, liv. V) dit à ce sujet : « Le roi, accompagné de la reine-mère et du duc d'Anjou, vint en personne assiéger Saint-Jean-d'Angeli, place peu étendue, mais très bien fortifiée et pourvue de toutes sortes de munitions. Armand de Piles s'y était renfermé avec les débris de l'infanterie des huguenots. Le duc d'Anjou, nonobstant la présence du roi, commandait l'armée. Il n'épargnait ni fatigues ni dangers; mais, malgré le feu terrible de ses batteries, et les assauts réitérés et sanglants qu'il fit donner, de Piles soutint le siége quarante-six jours. »

(<sup>174</sup>) C'est le nom que, dans le patois de la Gascogne, on donne à la pie. M. Littré a mis dans son *Dictionnaire* le mot *agace* ou *agasse*, citant la fable de La Fontaine : *l'Aigle et la Pie* (XII, 11) :

> L'*agace* eut peur; mais l'aigle, ayant fort bien dîné,
> La rassure....

Racine, dans sa jeunesse, a dit (édition Mesnard, t. VI, p. 492), à propos des filles de Piérus, changées en pies :

> Être agaces leur parut
> Une fort vilaine chose.

(<sup>175</sup>) Ménage, cité par M. Littré, recommandait de ne pas prononcer *garniment*, prononciation qui est la prononciation ancienne, et qui était encore en usage chez quelques personnes. On trouve déjà dans Froissart l'expression : « *mauvais garnement.* »

(<sup>176</sup>) On fait naître généralement Élie Vinet à Barbezieux. Il est plus exact de dire, avec Scévole de Sainte-Marthe et avec Vinet lui-même (*l'Antiquité de Saintes*, 1571), qu'il naquit aux environs de Barbezieux, au village des Vinets, paroisse de Saint-Médard (aujourd'hui commune du même nom).

(<sup>177</sup>) Je trouve dans Ronsard *(Réponse aux vers de Charles IX)* :

> Pourquoi, en vous moquant, me faites-vous ce tort
> De m'appeler *squelette* et lame de la mort?

Montaigne (*Essais*, II, 6) : « Je m'estale entier : c'est un *skeletos* où, d'une veue, les veines, les muscles, les tendons, paroissent, chasque piece en son siege. »

(<sup>178</sup>) « Ce mot est grec, dit le *Dictionnaire de Trévoux*, et vient du verbe σκέλλω, qui signifie *dessécher*. »

(<sup>179</sup>) Voir *Vies des Poètes agenais*, déjà citées, des vers d'Antoine de la Pujade, sur la mort de son enfant (p. 10) :

> Petite ame mignonnelette,
> Petite mignonne *amelette.. .*

Le mot *amelette* n'a été recueilli ni dans le *Dictionnaire de Trévoux*, ni dans celui de M. Littré.

(<sup>180</sup>) De *pullastra,* poularde.

(<sup>181</sup>) Tout ce sonnet me paraît constituer un parfait modèle de galimatias.

(<sup>182</sup>) C'est le mot latin *lis, procès, différend,* d'où *litige.*

(<sup>183</sup>) Allusion à l'aventure de Thalès, racontée par Diogène de Laërte (*Vies et doctrines des Philosophes de l'antiquité,* liv. I, chap. I).

(<sup>184</sup>) Le *Dictionnaire de Trévoux* assure que ce mot était encore en usage dans ce commandement de Dieu : « L'avoir d'autrui tu *n'embleras.* » *Embler* a été plus d'une fois employé par le duc de Saint-Simon.

(<sup>185</sup>) Charles IX, au retour de Bayonne, fit son entrée à Condom le 27 juillet 1565. Voir le *Voyage de Charles IX en France,* par Abel Jouan (1566, ou dans le t. I des *Pièces fugitives* du marquis d'Aubais, 1759), l'*Histoire de la Gascogne* de l'abbé Monlezun (t. V), etc.

(<sup>186</sup>) *Trac* (d'où *détraquer*), piste, trace, de *tractus.*

(<sup>187</sup>) Ce mot n'est ni dans Trévoux, ni dans Littré. Imbert a dû le forger lui-même des deux mots παῖς, enfant, κράτος, pouvoir.

(<sup>188</sup>) On lit dans le *Dictionnaire de Trévoux :* « Ce mot vient de γυνή, femme, et de κράτος, pouvoir, gouvernement de femme. Je ne trouve point dans nos auteurs français *gynécocratie*, mais je trouve *gynécocratique* (Favyn, *Histoire de Navarre*, liv. VII, p. 296). Si l'on peut dire celui-ci, on peut se servir de celui-là, qui est son primitif. » M. Littré a cité, sous le mot *gynécocratie*, une phrase de la *Satire Ménippée (Harangue de Roze)*, et une phrase de J.-J. Rousseau *(Nouvelle Héloïse)*.

(¹⁸⁹) Le *Dictionnaire de Médecine* de Nysten rappelle que les anciens ont employé la mandragore comme agent essentiel dans des préparations qui avaient pour but de déterminer le sommeil et l'insensibilité pendant les opérations.

(¹⁹⁰) Bernard de Girard, seigneur du Haillan, obtint de Charles IX le titre d'historiographe de France en 1571, comme il nous l'apprend lui-même dans l'épître dédicatoire de son *Histoire de France* à Henri III (juillet 1576). Je lis, dans un manuscrit de la Bibliothèque Impériale intitulé : *Recherches sur les auteurs qui ont écrit de l'histoire de France par commission des princes sous le règne de qui ils vivaient* (F. F. 14027), que Girard reçut, comme « historiographe du roy et secretaire de Mgr le duc d'Anjou », 1200 livres par an (de 1572 à 1576), et que, devenu ensuite « conseiller secretaire du roy et de ses finances », il toucha 600 écus de pension, et plus tard 1200 écus (jusqu'à l'année de sa mort).

(¹⁹¹) Jean Van Eyck, le plus grand peintre flamand du XVᵉ siècle.

(¹⁹²) Voir, sur ce chef-d'œuvre d'Apelle (la *Vénus Anadyomène*), Pline, *Hist. nat.*, liv. XXXV, chap. xxxvi.

(¹⁹³) De l'espagnol *paragon*, comparaison. *Paragon* est dans Rabelais. Montaigne, Pasquier, Henry Estienne, ont écrit *parangon*. Citons ici ces délicieux vers de Ronsard (le premier livre des *Amours*) :

> Je *parangonne* à ta jeune beauté,
> Qui toujours dure en son printemps nouvelle,
> Ce mois d'avril qui ses fleurs renouvelle,
> En sa plus gaie et verte nouveauté.

(¹⁹⁴) De ces deux noms mythologiques, le premier représente la réflexion tardive; le second, la réflexion prévoyante. Voir Hésiode, *les Travaux et les Jours*, v. 85 et suiv.

(¹⁹⁵) *Quod factum est, infectum fieri non potest.* Voir *les Adages* d'Érasme, chil. II, cent. III, ad. 72.

(<sup>196</sup>) Ce sonnet est-il adressé au futur évêque de Condom, qui était déjà chanoine en 1567?

(<sup>197</sup>)                    Nos ubi decidimus
. . . . . . . . . . . . . . . . .
Pulvis et umbra sumus.
(Horat., *Carm*. IV, vii, 13, 15.)

(<sup>198</sup>) Vers éloquent, qui rachète à lui tout seul les treize vers si faibles qui le précèdent.

(<sup>199</sup>) Anaxagore attribuait notre intelligence à la conformation de nos mains. Voici le passage des *OEuvres morales* de Plutarque *(De l'Amour fraternel)* où cette opinion est rapportée et combattue : « Anaxagore l'ancien plaçait dans la conformation de la main le principe de la sagesse et de l'intelligence de l'homme. Mais c'est tout le contraire. L'homme n'est pas le plus sage des animaux parce qu'il a des mains; c'est parce qu'il tient de la nature la raison et l'industrie qu'il sait faire valoir ses mains. »

(<sup>200</sup>)        Os homini sublime dedit cœlumque tueri
Jussit....              (Ovide.)

(<sup>201</sup>) *De l'Ame* (III, 8). Celui qu'Imbert appelle « docte et subtil », Du Bartas le proclame *(le Septiesme jour de la Sepmaine)* « honneur des bons esprits ».

# APPENDICE

—

## I

Ger. Maria IMBERTUS

PATRICIUS CONDOMIENSIS
IN CARMINUM SYLVAM

I. Pauli LABERII.

Musæ sylvicolæ, Deæ venustæ,
Altrices teneræ meæ, integellæ
Virgines, lepidæ meæ patronæ,
Hic abstergite mi gravem dolorem,
Quo me macero perfidos ob hostes,
Qui nos, ah, patria expulere dulci,
Et mihi facilem, bonam et serenam
Mentem reddite, reddite et facetam,
Dum ventum facilem peto et secundum
Dilecto et veteri meo sodali, hunc
Commendo quoque, littoralibus Diis
Cum suo lepido et novo libello,
Qui dant carbasa flatibus marinis
Facturi liquidæ viæ periclum.
His bonam expeto navigationem,
Et faustum expeto prosperumque cursum.
Ac vos sic etiam Deæ benignæ

Quæ autorem pariter suum et libellum
Fontis Pegasei rigastis unda,
Iisdem poscite Iapygem secundum,
Quo plenus genii hic novus libellus
Immersum mare transeat beate,
Et Paulus lepidus poeta noster
In portu incolumis quiescat, ætas
Nec obliteret ejus ulla nomen.


## II


### ʹΕῚΣ ΣΚΑΛΛΝΌΝ.

Τηλυγέτη Ζηνὸς θυγάτηρ πολύμητις Ἀθήνη,
    Παρθένος οὖσα καλή, πάντας ἔφευγε γάμους·
Ταῦτα δὲ μαψιλάκαι ψευδῶς ἤεισαν ἀοιδοί,
    Τοὔνεκα καὶ πάμπαν ψεύδεα ταῦτα πέλει.
Γείνατο γάρ σε Διὸς τέχνον φίλον Ἀτρυτώνη,
    Μαιάδος ἡδυλόγῳ παιδὶ μιγεῖσα γάμοις·
Εἴ σ᾽οὖν Τριτωνὶς τέκεν, ὦ πάτερ, οὔτι γε θαῦμα
    Εἰ πάϊν ὃν μήτηρ ἔκτισε παντοδαῆ.

Ἴμβερτος Κονδομιεύς.


#### EN L'HONNEUR DE SCALIGER.

« La fille préférée de Jupiter, la sage Minerve, malgré l'éclat de sa
jeune beauté, repoussa tout hymen. Voilà ce qu'ont rechanté sans
cesse et mensongèrement ces radoteurs de poètes, et c'est ainsi que
de pures faussetés sont en crédit de par le monde. La fille chérie
du maître des Dieux, cette infatigable Minerve, t'enfanta, ô Scaliger,
s'étant unie d'amour à Mercure, le fils éloquent de Maia. Or donc, si
la déesse sortie du cerveau de Jupiter te donna le jour, il n'est point
surprenant, maître vénéré, qu'une mère pareille ait doué son enfant
de la science universelle.

» IMBERT, CONDOMOIS. «

Cette pièce se trouve dans l'ouvrage suivant : *J. C. Scaligeri Exo-*

*tericarum exercitationum liber quintus decimus, de subtilitate, ad Hie-
ronymum Cardanum. Lutetiæ, ex off. Vascosani*, 1557, in-4°. Il serait
possible que le titre de cet ouvrage ne fût pas étranger au choix fait
par Imbert du titre trop savant de *Sonnets exotériques*. — Outre les
vers grecs d'Imbert, le livre de Scaliger en contient de Dorat.

## III

Voici, sur Jean de Maumont, une note inédite de Baluze, qui com-
plétera la note 44 :

« M. Pierre de Fenis, conseiller du roy en ses conseils et president
du Presidial de Tulle, m'a dit que Jean de Maumont estoit limousin,
et qu'il avoit eu l'honneur de le connaître à Paris, où il l'alloit visiter
au collége Pompadour (¹), duquel Jean de Maumont estoit principal.
Il m'a dit aussi que c'estoit un bon vieillard, bien fait de corps, mais
un peu sourd, et que, de son temps c'estoit une voix commune que
Jean de Maumont avoit très bonne part dans la traduction du Plutarque d'Amiot; et qu'à cete consideration on disoit hautement dans
l'Université de Paris : *Sic vos non vobis* (²), etc. Il a traduit les *Annales
de Zonare*, par commandement du roy et de la royne (³), que j'ay
veu. » (Bibliothèque Impériale ; collection dite des *Armoires de Baluze,
t.* CCCLXVII, p. 231.) (⁴)

(¹) *Le collége de Saint-Michel avait été fondé, en 1550, par la maison de Pompadour, pour les
étudiants limousins.*

(²) C'est là, dit M. Aug. de Blignières (*Essai sur Amyot*, 1851, p. 101), une puérile invention que
ne permet pas de prendre au sérieux l'étude la plus superficielle de la vie et des ouvrages d'Amyot.
M. de Blignières n'a pas connu Jean de Maumont. Il n'en parle que dans une demi-ligne, et encore
avec cette formule de doute : « il s'appelait, *dit-on*, Maumont. » La Monnoye en avait dit plus long
dans la note sur l'*Anti-Baillet* de Ménage, où il réfute ceux qui avaient annoncé que Maumont était
le véritable auteur de la traduction d'Amyot.

(³) Voici le titre de l'ouvrage : *Les Histoires et Chroniques du monde, tirées tant du gros volume
de Jean Zonaras, aucteur byzantin, que de plusieurs autres scripteurs hébrieux et grecs, et mises
en françois* par Jean de Maumont. Paris, Michel de Vascosan, 1561, gr. in-f°.

(⁴) Baluze ajoute : « J. César Scaliger mentionne honorablement Jean de Maumont dans le *De Subtilitate* contre Jérôme Cardan. »

# ADDITIONS ET CORRECTIONS

P. 21, *Sonnet VIII*, vers 7, remplacer *en son temps* par *en ton temps*.

P. 22, *Sonnet X*, vers 4, remplacer le point par une virgule.

P. 23, *Sonnet XIII*, vers 11, mettre deux points à la fin du vers.

P. 25, *Sonnet XVI*, vers 8, remplacer *fuist* par *faits*.

*Ib.* *Sonnet XVII*, vers 2, remplacer *éloigné* par *esloigné*.

P. 34, *Sonnet XXXV*, vers 7, remplacer *Toscane* par *Tuscane*.

P. 35, *Sonnet XXXVI*, vers 10, ajouter la note suivante :

> Sur la prédilection des Gascons pour ces légumes, voir de curieuses citations du médecin-poète Duchesne, rassemblées par M. Léonce Couture dans son piquant article sur l'alimentation en Armagnac au XVIᵉ siècle. (*Bulletin d'Auch*, t. 1.)

P. 45, *Sonnet LVI*, vers 1, mettre *Alsat* au lieu d'*Assat*.

P. 51, *Sonnet LXVIII*, vers 1, mettre *conducteur* au lieu de *conducteurs*.

P. 52, *Sonnet LXX*, vers 7, mettre *terminé* au lieu de *termine*.

P. 53, *Sonnet LXXII*, vers 3, mettre *adoncz* au lieu de *adones*.

P. 54, *Sonnet LXXIV*, vers 6, mettre *des* au lieu de *de*.

*Ib.* *Sonnet LXXV*, vers 5, mettre *soulcis* au lieu de *souscis*.

P. 55, *Sonnet LXXVI*, vers 2 et 3, supprimer l'accent sur les mots *hospitalité* et *cherté*.

*Ib.* *Sonnet LXXVII*, vers 3, mettre *qui as leu* au lieu de *qui a leu*.

P. 57, *Sonnet LXXXI*, vers 4, ajouter la note suivante :

> *Nequando dicant gentes: Ubi est Deus eorum?* (*Ps.* CXIII, 2.)

P. 59, *Sonnet LXXXIV*, vers 1, mettre un accent sur *vuide*.

*Ib.*  *Id.*  vers 5, mettre un accent sur *guide*.

P. 61, *Sonnet LXXXVIII*, vers 11, remplacer *ou met* par *on met*.

Bordeaux. Imprimerie G. Gounouilhou, rue Guiraude, 11.

# COLLECTION MÉRIDIONALE.

Tome I. **Mémoires des choses passées en Guyenne** (1621-1622), rédigés par Bertrand de Vignolles. 1869.

## POUR PARAITRE PROCHAINEMENT :

Tome III. **Relation inédite de la défense de Dunkerque** (1651-1652), par le maréchal d'Estrades ; suivie de quelques-unes de ses lettres, également inédites (1653-1655).

Tome IV. **Poésies de Jehan Rus, bourdelois** ( publiées d'après le seul exemplaire connu ).

Tome V. **Mémoires du chevalier d'Antras** ( inédits en grande partie ).

Bordeaux. — Imp. G. Gounouilhou, rue Guiraude, 11.